NOS ESTILHAÇOS DE ESPELHO

Florence Hinckel

Tradução Adilson Miguel

Título original em francês: *Nos éclats de miroir*
© Éditions NATHAN, 2019
SEJER - Paris, França

Coordenação editorial: Graziela Ribeiro dos Santos e Olívia Lima
Preparação: Lígia Azevedo
Revisão: Marcia Menin

Edição de arte: Rita M. da Costa Aguiar e Fernanda do Val
Ilustração de capa: Anabella López
Produção industrial: Alexander Maeda
Impressão: Bartira Gráfica

Dados Internacionais de Catalogação na Publicação (CIP)
(Câmara Brasileira do Livro, SP, Brasil)

Hinckel, Florence
    Nos estilhaços de espelho / Florence Hinckel ;
tradução Adilson Miguel. -- São Paulo :
Edições SM, 2020.

    Título original: Nos éclats de miroir
    ISBN 978-85-418-2748-5

    1. Ficção - Literatura infantojuvenil
I. Título.

20-34594   CDD-028.5

Índices para catálogo sistemático:
1. Ficção : Literatura infantojuvenil 028.5
2. Ficção : Literatura juvenil 028.5
Maria Alice Ferreira - Bibliotecária - CRB-8/7964

1ª edição junho de 2020
2ª impressão 2022

Todos os direitos reservados à

SM EDUCAÇÃO
Rua Cenno Sbrighi, 25 - Edifício West Tower n. 45 - 1º Andar
Água Branca 05036-010 São Paulo SP Brasil
Tel. 11 2111-7400
www.smeducacao.com.br

Para Anne Frank, obrigada por ter existido.

Janeiro

Quarta-feira, 17 de janeiro.

Querida Anne,

Minha vida tem apenas catorze anos e onze meses, mas posso dizer que escrever é parte essencial dela. Escrevo o tempo todo. Mesmo quando não estou escrevendo de verdade, ainda assim escrevo. Na minha mente. Crio frases para serem colocadas no papel, mas raramente as coloco, porque acabo me esquecendo delas. Meu pensamento é, por assim dizer, uma forma de escrita bem passageira.

Comecei a escrever por volta dos dez anos, costumo ler muito.

Minha escritora preferida é você, Anne. Infelizmente, você não está mais por aqui. Nunca teremos a chance de conversar. Você ainda era uma menina quando morreu em um campo de concentração durante a Segunda Guerra Mundial, aos quinze anos de idade. Você escrevia para uma amiga imaginária chamada Kitty e sempre iniciava suas cartas com "Querida Kitty" e as terminava com "Sua Anne". Claro que ninguém nunca lhe respondeu. No entanto, milhares de pessoas leram suas cartas. E, entre essa gente toda, milhares de meninas. Ao escrever "Sua", sem saber, você se dirigia a todos os seus leitores e leitoras.

Já faz três anos que tenho um diário, e hoje estou inaugurando este caderno de capa vermelha. As páginas têm linhas azuis, só que são espaçadas demais. Se eu as seguisse, terminaria o caderno em apenas um mês. Por isso, vou traçar novas linhas entre elas. Não sei por quê, sinto necessidade de deixar minha escrita bem compacta. Pensei muito antes de começar a escrever neste caderno. Ele é tão lindo! O mais bonito que já tive, e precisava ser usado para algo especial. E eu não podia errar. Então tive uma luz, uma ideia tão óbvia que não entendi por que não havia pensado nisso antes. Foi assim que decidi escrever nele todos os dias, começando com "Querida Anne"... e terminando com "Sua Kitty", embora eu me chame Cleo.

Vai ser como se você me escutasse. Às vezes vejo fotos suas. Somos um pouco parecidas. Sou morena, magra e vivo sorrindo. Eu a observo sabiamente debruçada sobre uma escrivaninha e vejo uma chama no seu peito. Imagino que sou sua irmã de chama. Sei que é meio presunçoso, mas não consigo evitar. Ao ver seu retrato, identifico em você a mesma chama que me faz escrever. Esta é a foto sua de que mais gosto:

Anne Frank aos 11 anos (c. 1940).

Vai ser difícil eu prosseguir depois dos quinze anos, um mês e vinte dias — a idade que você tinha quando escreveu pela última vez no seu diário. Seria como uma traição. Depois disso, acho que não vou mais conseguir escrever para você. Não vou mais poder me apossar da identidade da Kitty. Talvez não seja capaz de escrever mais nada. Talvez eu tenha que desaparecer.

Penso nisso de tempos em tempos.

Mas não com tristeza. Ao contrário.

Vejo os adultos e sinto falta de alguma coisa. Digo para mim mesma que não vou poder continuar sendo uma menina no mundo adulto ou que nem vou entrar no mundo adulto. Quem sabe seja bom parar no limite desse mundo, caso já se tenha vivido plenamente antes. Tenho quase quinze anos e estou sentada na fronteira.

Costumo observar minha mãe. Só me sinto feliz quando ela sorri. É bem chato, mas é assim. É como se eu fosse ela. O problema é que mamãe quase não sorri. Vejo aquele véu sobre seus olhos e então sinto raiva. Aí, escrevo ainda mais do que de costume.

Sua Kitty

Quinta-feira, 18 de janeiro.

Querida Anne,

Sempre penso no seu castanheiro-da-índia. Talvez seja estranho pensar nesse tipo de coisa na minha idade, mas não acho que eu seja mais esquisita que qualquer pessoa. E não sou a única a pensar nessa árvore. A prefeitura de Amsterdã autorizou sua derrubada quando descobriu que ela estava infestada de parasitas. No entanto, houve fortes protestos no mundo todo. O castanheiro que você via do seu anexo secreto precisava continuar em pé. Senão, você morreria uma segunda vez. Era isso que pensavam todos os que se revoltaram.

Essa árvore tinha uma grande importância para você. Era ela que você via pela única claraboia do anexo que podia ficar aberta, pois era voltada apenas para o céu. Naquela época, ainda bem, não havia drones espiões... Você observava o castanheiro nos braços de sua paixão, Peter. Imagino vocês abraçados, sonhando, com o olhar fixo nos galhos que se moviam, como relatou no seu diário.

23 de fevereiro de 1944
Nós dois olhamos para o céu azul, para o castanheiro nu brilhando de umidade, as gaivotas e outras aves luzindo de prata, enquanto rodopiavam no ar, e

*ficamos tão comovidos e extasiados que não conseguía-
mos falar.*

18 de abril de 1944
*Abril está glorioso, nem muito quente nem muito
frio, com chuvas leves de vez em quando. Nosso castanheiro está cheio de folhas, e aqui e ali dá para ver pequenas flores.*

13 de maio de 1944
*Nosso castanheiro está totalmente florido. Está co-
berto de folhas e ainda mais bonito do que no ano passado.*[1]

Imagino que você passava longos momentos
olhando essa rara testemunha das estações succeden-
do-se. Para você, devia ser a prova de que a vida seguia
seu curso natural, apesar da loucura do mundo. É por
isso que a ideia de que essa árvore ia morrer era insuportável para tanta gente. Era como se a natureza tivesse desistido diante do desastre humano.

Um pensamento bobo, porque a morte, é claro,
faz parte do ciclo da vida.

Por fim, encontraram uma solução. Mon-
taram uma estrutura que impedia a árvore de cair,
protegendo-a por mais uns dez anos para nós, os
egoístas. Se pudesse falar, talvez a árvore pedisse que
a deixassem morrer. No final, pouco depois, uma
tempestade a derrubou, permitindo que repousasse.

Pelo menos nesse caso os seres humanos não foram os responsáveis.

Por que será que agora estou pensando no pôster que mamãe pendurou no quarto dela? É a reprodução do quadro *As três idades da mulher*, de Gustav Klimt. Ele mostra uma jovem com um bebê nos braços. Uma velha, inclinada sobre ela, tem o rosto escondido pelos cabelos longos e grisalhos. Mas falta algo nesse quadro. Vemos a criança, a mãe, a velha. E eu, onde estou? Em nenhuma parte. Aliás, aprendi na aula de biologia que a palavra para uma mulher que nunca deu à luz é "nulípara". Soa como "nula parte", "nenhuma parte". *No woman's land*, ou seja, terra de nenhuma.

Tenho a lembrança de estar sempre perto da terra quando era pequena, como as raízes do seu castanheiro. Não é por causa do meu tamanho, não ria de mim, Anne! Tenho uma teoria a respeito. Acho que a infância tem uma ligação com a terra. Eu vivia remexendo a terra, como se tentasse me enterrar nela. Não sou mais criança. Sou, como dizem, "adolescente". Essa palavra, eu soube, vem de um verbo latino que significa "crescer". Eu me afastei da terra. Sei lá, acho que meu elemento, agora, é a água.

Toda vez que mostro meus textos para minha amiga Berenice, ela me olha com ar desconfiado. Ainda não lhe contei quem é Berenice, mas vou contar, tenha só um pouquinho de paciência, querida Anne. Por enquanto, digo apenas que, depois de ler um texto meu, ela sempre me pergunta:

— De onde você pegou isso? Da internet?

— Não peguei de lugar nenhum.

— Ah, tá! Conta outra. Não é possível que você tenha inventado...

Em geral, não respondia nada. Ficava tentando entender o que ela queria dizer com isso, até que encontrei a explicação e me senti melhor. O que percebi é muito simples: fizemos testes na escola, e os resultados mostraram que tenho uma inteligência dentro da média; então, é natural que Berenice não acredite que eu seja capaz de ser brilhante. Não fico chateada. E não preciso levar isso a sério. Ao contrário, fico até feliz, porque isso prova que tenho algo superior de que ela nem desconfia. O que me permite escrever esse tipo de texto é algo semelhante a essa chama que eu vejo em você, Anne. Acho que quociente de inteligência e essa coisa indefinível não têm nada a ver um com o outro.

Mas *no woman's land* e castanheiros, sim. Têm tudo a ver.

Sua Kitty

Sexta-feira, 19 de janeiro.

Querida Anne,

Berenice é minha melhor amiga. Depois que precisou se esconder, Anne, você tinha apenas Kitty, embora antes vivesse cercada de gente. Você era muito popular. E de repente não podia ver mais ninguém... Tenho a sorte de ter Berenice e de poder ver minha amiga quando quero. E não dá para dizer que eu seja popular. Converso com outras meninas, mas Berenice é minha única amiga de verdade (além de você agora, Anne). Ela é a única porque nenhuma outra chega a seus pés. A gente se conhece desde o quinto ano. Um dia, eu a escolhi. Um dia distante. Com os braços estendidos, Berenice segurava um espelhinho diante do rosto enquanto andava para trás no corredor da escola. Parecia uma brincadeira diferente. Fiquei só observando, até que apareci no espelho. Ela parou, surpresa. Depois me disse, naquele tom áspero que costuma usar e sempre me choca:

— Vai, se mexe!

Não tenho muita força de vontade. Quer dizer, tenho, mas minha vontade nunca vai contra a de outra pessoa. Ainda assim, eu me acho ambiciosa. Tenho um enorme desejo de progredir e aprender. É como se houvesse uma imagem de mim mesma, num futuro próximo ou distante, com a qual pretendo me parecer. Sei que tenho a liberdade de alcançá-la e que vou chegar cada vez mais perto dela enquanto viver. Tenho começado a perceber que nem todos têm essa certeza.

Agora, diante de outras pessoas, adultas ou mesmo da minha idade, tenho pouca força de vontade. Sempre acho que a vontade delas vale mais que a minha. Se alguém quer alguma coisa, deve ter razões muito boas, só suas. Que direito tenho eu de me opor a elas?

Cada vez mais, vejo o mundo como um grande oceano, a cujas correntes vou me adaptando. Avanço com pequenas braçadas ou com movimentos mais vigorosos, às vezes encontrando uma onda criada por outra pessoa. Os movimentos do meu corpo acompanham essa onda suavemente para não deformá-la, e eu sigo meu caminho.

Por isso, quando Berenice me disse "Vai, se mexe!", dei um passo para o lado e ela se virou para mim e ficou me observando. Tinha a expressão ao mesmo tempo contrariada e surpresa. Imagino que esperasse alguma resistência da minha parte. Acho que Berenice sempre espera que os outros lhe ofereçam resistência. Até procura isso. Despreza aqueles que abaixam a cabeça. No entanto, algo em mim a impediu de me desprezar. Ela me olhou por um bom tempo, para saber de quem se tratava. Não sei o que pensou. Nunca soube. De qualquer modo, acabou sorrindo para mim.

A expressão no seu rosto selou algo. Eu não podia fazer nada. Você alguma vez viveu algo parecido, Anne? Nós nos tornamos amigas a partir daquele sorriso, ao qual devo ter correspondido. Compreendemos na hora que éramos singulares, cada uma a seu modo. Passei a representar para ela algo complexo, que ainda não entendi bem. E foi recíproco. O mais importante, porém, é que eu era sua amiga, e ela, a minha. Berenice me respeitava, a sua maneira. Talvez por minha capacidade de me vergar sem romper. E o que me fascinava nela era sua potência. Eu admirava sua imensa determinação e a firmeza de suas respostas. Então passou a ser normal ela responder em meu lugar, às vezes para me defender, outras simplesmente porque eu não respondia. Eu era grata a ela. Berenice se tornou como um anjo da guarda para mim. Acho que ela era isso mesmo. "Deixa ela em paz", dizia a quem me importunava. Ou ainda: "Não fala assim com ela", "Ela não quer conversar com você. Vai embora!" Berenice me protegia e gostava de fazer esse papel. Em seguida, caíamos na risada. Nós nos sentíamos poderosas.

Depois ela me escrevia palavras em que sua amizade explodia: "Eu te adoro", "Você é a melhor amiga do mundo"… Corações e beijos voavam por toda a página. Eu nunca tinha vivenciado aquilo. Gostava dela por ela gostar tanto de mim. Eu também lhe escrevia declarações de amizade. Achava aquilo único, maravilhoso. Então nos tornamos inseparáveis. Era como se formássemos um escudo diante de um mundo que parecia duro tanto para ela como para mim, ainda que de maneiras diferentes. Depois de um tempo, pensava que sem Berenice eu não conseguiria enfrentar a crueldade do mundo e que sem mim ela também estaria perdida. Releio algumas de suas palavras coloridas entre as páginas, para me lembrar sempre. São repletas de vida.

Berenice nunca vem em casa. É assim. Não gosta. Nas raras vezes em que isso acontece, ela exagera um pouco: "Bom dia, senhora", "Claro, senhora", "Obrigada, senhora"...

Uma vez ela me disse:

— Sua mãe é estranha, quase não fala.

E tinha razão, eu entendo. Minha mãe pode parecer estranha a pessoas tão fortes e diretas como Berenice. Minha mãe não é nem um pouco direta. Ela e Berenice não combinam em nada. Minha mãe... Ainda vou falar dela, Anne.

A gente fica mais à vontade na casa da Berenice, mesmo porque eu divido o quarto com Melodie, minha irmã, de dezessete anos. Então fica mais difícil alguma privacidade. Na casa da Berenice é mais tranquilo.

Por isso sou sempre eu que me desloco. O caminho que costumo fazer é bem agradável e gosto de andar, mas, quando chego ao pé da ladeira que leva à casa dela, sinto sempre uma espécie de angústia. É uma subida tão íngreme que chego derretendo. A família da Berenice mora em uma casa pequena, em um loteamento com jardins que funcionam como divisórias entre os terrenos vizinhos. Ainda assim, é melhor que nosso apartamento, sem jardim algum, nem mesmo uma varanda onde tomar um ar. Temos apenas as janelas para pôr a cara para fora.

Em geral, Berenice me leva direto ao seu quarto e não faz questão de que eu cumprimente seus pais. Ela não se relaciona bem com eles. As paredes são brancas, sem pôsteres. É um quarto de adolescente incomum. O "incomum" se aplica tanto ao "quarto" como à "adolescente". Não sei como é o mundo da Berenice, mas com certeza não é uma parede branca. Imagino mais um labirinto sombrio.

Ela costuma me mostrar suas coisas novas: uma blusa bonita ou um *jeans*. Suas roupas são mais caras do que as minhas, essa é a verdade. E eu invejo o tecido, o caimento, tudo impecável. Tenho a impressão de que Berenice está sempre perfeita: não tem nada fora de lugar. Já eu misturo de tudo. Com certeza, mesmo usando as roupas dela, não mudaria muita coisa em mim. Basta ver nossos cabelos. Os meus têm comprimento médio e geralmente estão presos num rabo de cavalo, com várias mechas rebeldes escapando, impossíveis de dominar. E, quando estão molhados, pior ainda. Os dela têm um corte reto maravilhoso. Nas fotos, os contornos dela sempre aparecem bem definidos. Os meus ficam confusos, indistintos, desgrenhados.

É sempre ela quem fala. Berenice ocupa todo o espaço do quarto quando anda com as roupas novas na mão e também todo o espaço sonoro. Seu assunto predileto é sua vizinha Louise.

— Ela é muito otária.

— Ela adora essa banda horrorosa, acredita?

— Sabe de quem ela gosta?

— Sabe o que ela me disse?

Berenice odeia a vizinha como odeia o mundo inteiro. Isso é incrível! Suas opiniões são tão categóricas que me impressionam. Para mim, o mundo parece tão indefinido... Mas gosto de agradá-la e de ser a única que a agrada. "Você não sabia?", ela costuma me perguntar, porque acha que nunca sei de nada, o que, de certa maneira, também a fascina.

— Sabe como ela escolhe as amigas? Precisam ser bonitas. Qualquer uma. Por isso ela não entende por que estou sempre com você! — Berenice me disse isso na última vez em que estive na sua casa.

Logo que percebeu o que tinha acabado de falar, deu uma risada forçada. Não foi de propósito. Às vezes ela é má sem querer. Você entende isso, Anne? A risada dela queria dizer: "Ah, desculpa se te magoei! Mas isso mostra que nossa amizade é pra valer, né?".

Não respondi nada. Não fiquei revoltada. Para quê? O sentimento de revolta não deve ser desperdiçado. Tem que ser guardado para situações graves. Situações como as que você enfrentou. Situações terríveis... Aquela frase e a risada forçada não são nada em comparação. Nada mesmo. O que acontece comigo é insignificante. Meu orgulho é indecente. Por isso relativizei na hora: ela gosta de mim mesmo sem me achar bonita. Pensei comigo: é uma sorte. E mais: outra pessoa não enxergaria tão longe como ela. E ainda: sem ela, eu não teria essa amizade única.

"Pelo menos não sou hipócrita", Berenice gosta de repetir. No entanto, sei que sua visão do mundo, e de mim nesse mundo, não corresponde à verdade. Já ela, não sabe. Acredita apenas naquilo que vê e vê apenas aquilo em que acredita. Mas um dia quero lhe mostrar como o mundo é bem maior e mais complexo do que imagina. Talvez seja o que ela espera de mim.

Isso me faz lembrar de uma coisa. Quando éramos mais novas, dois ou três anos atrás, imaginávamos algumas dramatizações para fazer no seu quarto. Ou melhor, *ela* imaginava. Cada cena permitia... um instante, preciso pensar um pouco na palavra certa... permitia que ela se afirmasse, acho. E eu a ajudava a se afirmar. Por exemplo, a gente escolhia um clipe de *rap* engraçado, que aparecia o tempo todo nas redes sociais, no qual havia, entre outras cenas autoritárias, um imperador grego mandando seu criado limpar o chão. Obviamente, era eu que me agachava e ficava ouvindo suas ordens:

— Mais!

— Faz melhor que isso!

— Anda, esfrega!

Sim, brincadeira de crianças. Sei o que você pensa, Anne. Mas, não, eu não acreditava que pudesse escapar daquilo. Dizer a ela "Não! Eu quero ser o imperador!" era impossível, principalmente porque eu dava pouca importância àquilo. Era uma brincadeira que trazia desafios só para ela. No final, a gente se divertia. Ria com gosto. Hoje, se ela me provoca com tiradas maldosas, é para retomar o espírito daquelas encenações. Berenice precisa disso. Talvez eu deva dizer a ela que agora não quero mais brincar. Não acho mais divertido. Não sei de que maneira falar isso, mas consigo ver como esses jogos continuam servindo para ela se afirmar, cada vez mais.

Nesse meio tempo, eu a observo tranquilamente, enquanto ela me classifica com as características que me atribui há muito tempo: não muito bonita, submissa e talvez tonta apesar das boas notas. Ainda costumo fazer o jogo do espelho e acredito que seus pensamentos refletem os de todas as pessoas. Isso abala minha confiança nelas. E a confiança em mim mesma? Provavelmente também, mas nem tanto.

É que noto os olhares perdidos da Berenice, bem disfarçados, quando ela percebe que não me submeto à concepção que tem de mim. Vejo como fica perturbada.

É assim minha relação com Berenice. Estamos ligadas por uma fascinação mútua, em uma corda bamba. Bastaria um sopro para que uma de nós caísse em um abismo. Mas qual de nós, e em que abismo?

Sua Kitty

Sábado, 20 de janeiro.

Querida Anne,

Berenice dá muita importância à aparência. Acho que você já entendeu. Ela se considera mais bonita do que eu, e gostaria que isso fosse algo claro e indiscutível. Infelizmente, comigo nada é claro e indiscutível. Às vezes acho que não sou a amiga ideal para ela. Nada em mim é fixo, nem no espelho. Posso me achar tanto linda como horrorosa.

Há alguns meninos que olham para mim. Alguns olhavam para você também, Anne. Eles a admiravam muito. É o que você conta no seu diário sobre o período anterior ao anexo. Você relata sua vida emocionante, cheia de promessas de amor... Também vejo promessas de amor no olhar de alguns garotos. Não são os mesmos que olham para Berenice, e acho que é exatamente por isso que ela não vê nada. Berenice não percebe que eu posso agradar alguém. Ou então nota que eu agrado os meninos que não importam para ela, o que dá no mesmo. Para Berenice, que é plena, a conclusão é inevitável: eu não agrado, portanto não sou bonita.

Eu me lembro claramente da primeira vez que me impressionei com minha aparência. Tenho boa memória para essas coisas. Tinha dez anos.

Foi depois de brincar no parque. Eu havia corrido muito, subido em árvores, arranhado os joelhos. Tinha dado um nome a um gato que passava e imaginado uma discussão com ele. E ainda havia enterrado um passarinho morto... Na volta, pulei a mureta da escola para encurtar o caminho. E de repente:

a vidraça.

um reflexo na vidraça.

como um ricochete.

sem ondas ao redor.

Ao fundo, havia mesas e cadeiras muito arrumadas, parecendo estar apenas à espera da agitação infantil. No primeiro plano, transparente, fugidio, a alguns metros de mim:

Um reflexo. .oxelfer mU

Perguntei-me se era mesmo eu. Ao lado, na imagem, eu via Melodie e um garoto (seria Dimitri? Ou irtimiD!), então só podia ser eu ali. Aquele reflexo espantado, de cabelos longos e negros, era mesmo o meu.

De repente, me recordo daquela sensação... Orgulho misturado com temor:

eu não parecia mais uma menina.

.aninem amu siam aicerap oãn eu

Qual era a verdadeira? Aquela que eu via ou a que eu não via?

Depois desse primeiro reflexo espantado, sempre tive uma relação bem complicada com espelhos, com janelas, com todos os olhares.

Os olhares todos

Todos os olhares
Olhares, todos eles.

Ora eu os procuro, ora fujo deles, ora eles me pegam de surpresa.

Eu me espanto.

Sinto-me meio assustadora e extraordinária, alternadamente.

Acho que todos os espelhos mentiam, mentem, mentirão.

Queria poder capturar minha aparência com uma rede de borboletas. Com uma malha fechada, tecida por mim lentamente, bem lentamente, todas as noites. Meus dedos ficariam doloridos.

No banheiro da minha casa, há um espelho. Ele é comprido, dá para a gente se ver da cabeça aos pés. Às vezes, faço algumas experiências.

Experiência 1: ponho um lençol preto sobre o espelho.

É imediato: eu desapareço.

Experiência 2: colo esparadrapos no espelho, nos locais onde ficarão meus pulsos e minhas canelas quando eu recuar um pouco.

Recuo: pareço uma página de herbário.

Você deve pensar que sou louca, Anne, mas não sou. É como um daqueles aplicativos de mensagens, fotos e vídeos. As meninas põem orelhas e nariz de gato, deformam o rosto, brincam. Eu também faço isso de vez em quando, todo mundo faz, mas prefiro usar um espelho. Gostaria de distorcer meu reflexo às vezes, fazer de tudo para deixá-lo maleável. Mas não tem jeito, não posso controlar isso. Eu nunca me pareceria com nada além de mim mesma — eu, que sou tão volátil.

Todas essas sensações estranhas me inspiraram a ideia de assumir o formato de uma ampulheta.

Pouco a pouco, vou me refletir cada vez mais nos gestos do que nos espelhos.

Pouco a pouco, as páginas vão me absorver mais do que o vidro das janelas.

Pouco a pouco, meu corpo servirá mais para viver do que parecer.

Pouco a pouco, meus gestos serão estendidos aos outros.

Pouco a pouco, vou me deixar espalhar.

Pouco a pouco, vou me esquecer.

Vou me deixar fluir.

Amarei.

Então vou me deixar amar.

Então escolherei um vestido rodado.

Então ser moça será como ser menina, simples e alegre.

Então um dia, muito depois, surpreenderei novamente meu reflexo.

Então ele vai se surpreender de novo, como na primeira vez, no fim da infância.

Então essa surpresa será feliz, porém receosa, como em uma dança com ursos.

Então serei de novo gestos, páginas, ideias, desejos, entusiasmos: dona da minha vida.

Sua Kitty

Domingo, 21 de janeiro.

Querida Anne,

Falo do futuro, embora não tenha certeza de que viverei muito tempo. Porém não me importo com o paradoxo.

Minha mãe nos contou que, quando pequena, Melodie, minha irmã, perguntou a ela: "De que adianta estudar pra valer na escola e ter uma boa profissão se vamos morrer?". Isso chocou mamãe, que foi incapaz de dar uma resposta.

Pensei bastante sobre isso.

Anne, no seu anexo, você estudava. Precisava se projetar no futuro. É claro que você não sabia que sua vida seria tão curta. E então? Será que devemos parar com tudo sob o pretexto de que podemos morrer amanhã?

É exatamente o contrário: crescemos ou nos transformamos. Não conseguimos ver nem o começo nem o fim, mas é o que fazemos segundo após segundo: crescemos e nos transformamos. Então, que seja da melhor maneira.

Para mim é difícil entender o que acontece com mamãe. Também tenho dificuldades com Melodie, mas sei que ela está se transformando. Minha irmã muda muito, como eu. Minha mãe me dá a impressão de estar estagnada, suspensa entre duas forças contrárias. Não como uma onda no mar; mais como uma partícula aérea. Quando a gente vira adulto, talvez fique mais perto do ar.

Mamãe trabalha com educação infantil. Ela é assistente de sala de aula. Por exemplo: prepara as tintas, separa o material que as crianças vão utilizar e às vezes também toma conta de grupos pequenos durante as oficinas. Ela arruma os espaços e troca as crianças em caso de "acidente". Às vezes, depois da aula, vou à escola onde ela trabalha. Gosto muito de observá-la cercada por aquelas coisinhas fofas. Vejo que elas a adoram, e isso me faz bem.

Mamãe está satisfeita com seu trabalho, apesar de naturalmente achar que devia ganhar mais. Como todo mundo, acho.

Seus pais, meus avós, que vemos pouco porque eles moram longe, não tinham muito dinheiro e não puderam pagar seus estudos. Mas é evidente que mamãe poderia ter sido uma aluna brilhante. Então ela conheceu meu pai. Um ano depois, já estava grávida da Melodie.

— Qual é o problema? — diz ela a minha irmã, que sempre acha que mamãe merece um emprego melhor. — É um lindo trabalho, me orgulho dele. Sou útil. E sou livre. Não tenho que fazer uma tarefa após a outra. Não tenho relatórios para entregar ou projetos para concluir. Por que você quer que eu faça outra coisa?

O que minha mãe mais valoriza é o crescimento pessoal. Acho que ela tem razão. Por isso que insiste tanto em nos levar a exposições, a museus. Por isso quer que a gente leia. Mamãe nunca diz que devemos ascender socialmente. Só diz que devemos ascender.

Melodie não concorda. Ela quer, a todo custo, subir na vida. De certa maneira, acho que quer compensar minha mãe, concluir os estudos no seu lugar. Mesmo que mamãe não tenha lhe pedido nada nem lamente coisa alguma, é assim que ela raciocina. Minha irmã quer fazer faculdade de matemática. Mamãe se orgulha dela. Eu também.

Minha mãe sempre leva um livro na bolsa quando vai trabalhar. Toda vez que sobra um tempo, lê um pouco. Também gosta de conversar com os colegas, é claro. Acho que eles a consideram meio diferente, mas afetuosa. Noto como sorriem para ela, praticamente do mesmo jeito que sorriem para as crianças mais encantadoras. Ou seja, inacessíveis e próximas ao mesmo tempo.

Mamãe quer evoluir e ainda assim está paralisada.

Pelo menos é a impressão que eu tenho. É difícil explicar, não sei bem.

É como se ela fosse um quadro abstrato, atravessado por linhas em todos os sentidos. Algumas formam prédios e também pontes, serpentes. Melodie e eu seríamos dois círculos. O todo equilibrado. Um equilíbrio impossível e precário. Basta um único movimento para abalar tudo. Mamãe se esforça para não fazer esse movimento. Às vezes ela se segura tanto que eu a surpreendo prendendo a respiração, sem nem perceber. Toco no seu braço e digo:

— Ei, mãe. Respira!

Ela me olha assustada. Imagino um marinheiro, diante de uma enorme onda que vai invadir o convés do navio, com esse mesmo olhar. Então mamãe respira profundamente antes de balbuciar:

— Perdão.

Perdoar o quê, o quê? Não são perdões dirigidos a mim, nem a ela mesma. Talvez ao ar que prendeu por tanto tempo. "Perdão, oxigênio, hidrogênio, a tudo o que é volátil, por não deixar vocês saírem. Agora vocês estão livres, podem circular. Não me queiram mal."

Gostaria que ela pensasse com mais frequência em si mesma do que no ar a sua volta. E também em mim e na Melodie.

Quando tem algum tempo livre, mamãe junta uma infinidade de cacos de espelho e vidro, como os de janelas e copos quebrados. Quebra ainda mais os cacos ou os recorta para dar-lhes a forma que deseja. Então coloca tudo sobre uma pequena prancha de madeira. Quando fica satisfeita com a disposição dos estilhaços, ela cola todas as peças. O resultado não é nem um quadro, nem um espelho, mas um mosaico indistinto. Não dá para a gente ver a imagem senão de forma incompleta ou fragmentada.

Ela sempre ajeita o trabalho em uma mesinha que fica sob a janela da sala, bem na hora em que o sol bate ali. A ideia é captar o reflexo dele nos estilhaços. Começa então uma observação lenta e obcecada do céu ao contrário. O lado direito do imenso azul passa a ser o esquerdo, e isso muda tudo. Mamãe move sutilmente um pedaço de espelho para incluir nele uma parte de nuvem ou um reflexo azul. Seria possível dizer que ela faz uma pergunta para a qual não espera resposta, mas apenas o movimento da resposta. É mais fácil obtê-la assim, de maneira indireta, através desses fragmentos. As respostas pouco lhe interessam. Ela nunca compartilha suas questões. Mas pode ser que eu esteja enganada. Nesse caso, ela não interrogaria os reflexos do firmamento; seria apenas uma discussão silenciosa.

Algumas vezes, mamãe observa durante um bom tempo o reflexo do próprio rosto, ou melhor, de uma parte dele, em um dos estilhaços. Depois, ela o coloca objeto sobre a bancada e o risca com uma ponta diamantada. O traço segue seu pensamento. Então, sem hesitar, com um gesto seco, quebra o caco na forma desejada.

Às vezes ela desaparece. Ou melhor, desaparecia. Já faz mais de um ano que isso não acontece, ainda bem! Sinal de que mamãe está bem agora. Segundo Melodie, isso começou depois da morte do papai. Mamãe saía à noite, sem dizer nada, e voltava de manhã cedo. Era impossível saber por onde tinha andado, quem tinha visto e por quê. Aquilo deixava Melodie furiosa. Assim que ela voltava, minha irmã despejava sobre ela todo tipo de censura.

Mamãe não dizia nada.

Tinha um ar assustado e doce.

Sua expressão me inspirava um sentimento muito complexo, reunindo toda a tristeza e alegria do mundo. Eu ficava muito comovida com ela. Pegava sua mão gentilmente e a levava para o quarto.

Ela parecia exausta.

Sua Kitty

Terça-feira, 23 de janeiro.

Querida Anne,

Papai morreu.

É estranho ver isso escrito assim. Parece que acabou de acontecer. Você morreu antes do seu pai. Ele foi o único da sua família que sobreviveu aos campos. Uma amiga dele tinha guardado cuidadosamente seu diário e o enviou a ele, que decidiu publicá-lo.

Morrer antes do próprio pai não é natural. Perder o pai quando se tem apenas quatro anos também não é. Não estou querendo comparar minha história com a sua, que foi tão trágica, Anne. Além do mais, eu estou viva, e é o que importa... Mas, veja, meu pai nunca vai ler as palavras que eu escrevo.

Papai era bonito.

Essa frase, "Papai era bonito", significa a mesma coisa e bem mais do que "Papai morreu". Daqui para frente, é o que vou dizer quando me perguntarem o que meu pai faz ou onde ele mora. As fichas de cadastro da escola, no começo do ano, são cheias de lacunas.

Endereço do pai: ....

Sempre questionei esses pontinhos bem enfileirados, que claramente esperam que algo se assente sobre eles, mas muitas vezes ficam sozinhos. À noite, eu sonhava que eles voavam, livres, sem nada em cima. Como a neve caindo ao contrário, do chão para o céu. Mas, agora, tenho vontade de preenchê-los.

Endereço do pai: ...Papai era bonito...

Ele saía bonito nas fotos, que estão todas à vista na cômoda da Melodie. Mamãe não as expõe. Nem na sala, nem no seu quarto. Ela diz:

— Ele está aqui.

E isso lhe basta.

Eu sei que papai não está aqui.

Ele esteve aqui até meus quatro anos, depois não mais. Meu pai e eu temos a mesma expressão triste e franca e o mesmo rosto oval.

— Ele era um bom pai — mamãe nos diz.

Sei que era bem presente. Até meus quatro anos.

Papai era professor. Foi assim que mamãe o conheceu. Acho bonita essa história de amor entre um professor e uma assistente de sala. Eu os imagino trocando olhares, com aquele monte de crianças em volta. O amor fluindo em todas as direções, entre as quatro paredes. Se eu fosse escrever um romance, seria uma história como essa.

Meu pai era muito culto. Foi ele que incentivou minha mãe a ler e a apreciar a pintura. Os pais dela não conheciam essas coisas e não poderiam oferecer-lhe nada do tipo. Quanto à música clássica, mamãe nunca se interessou de verdade. No entanto, a gente guardou todos os CDs do papai. Gosto de escutá-los. Melodie, já há algum tempo, tem achado isso doloroso demais. Ela consegue ver as fotos, mas não ouvir a música de que ele gostava. Não sei por quê.

Minha irmã não aceita inteiramente a morte do nosso pai. Tinha seis anos quando ele se foi. Talvez se lembre dele melhor do que eu.

Melodie não sorri muito. É o contrário de mim, que rio o tempo todo. Berenice sempre me diz:

— Para, você parece uma tonta sempre sorrindo desse modo!

Só que não consigo ser diferente. Muitas coisas me surpreendem. Como minhas próprias emoções, na maioria das vezes. Mesmo quando se trata de uma grande tristeza ou de algo sério, fico impressionada com sua grandeza e então, em algum momento, esboço um sorriso.

Melodie não lida bem com suas emoções. Dá importância exagerada a elas. Eu a imagino o tempo todo debruçada em uma janela. Nem completamente dentro nem completamente fora, mas à espera de ser impulsionada para o exterior. Não fico preocupada. Sei que minha irmã será lançada para fora de alguma forma. Quase a sua revelia.

Como eu dizia, é difícil, porque dividimos o mesmo quarto. Sinto que a irrito só de estar ali. Antes, adorávamos ficar juntas. Construíamos uma cabana com nossos colchões e lençóis, acendíamos uma lanterna e líamos passagens dos nossos livros preferidos. Às vezes, até escrevíamos histórias juntas, contos com mágicos charmosos e garotas superpoderosas. Trocávamos segredos. Cochichávamos, ríamos. O universo limitado pelos lençóis nos bastava. Éramos as mais fortes e, ao mesmo tempo, inventávamos histórias em que éramos órfãs e maltratadas. Eram sempre duas irmãs entregues à própria sorte, corajosas e dignas, que acabavam herdeiras de um tio que havia feito fortuna na Índia. Então, pouco a pouco, Melodie começou a parecer sufocada. A cabana virou uma caverna escura e sem saída. As histórias já não a interessavam mais, e ela deixou de escrever. Não queria mais estender os lençóis sobre nossos colchões. Só o mundo real lhe importava. Ela queria conhecê-lo e aprender a se mover nele. Tudo o que eu lhe propunha era "coisa de criança".

Você também tinha uma irmã mais velha, Anne, então imagino que entenda o que quero dizer. Vocês duas também eram bem diferentes. Sempre discutiam. Já Melodie e eu raramente discutimos.

Às vezes ela se senta na cama com uma foto do papai nas mãos. Fica ali, imóvel, por muito tempo.

Para mim, meu pai não faz falta.

Sinto mais falta da minha mãe.

Hoje, porém, mamãe está com um brilho nos olhos. Guardou um dos cacos que cortou. Tem um projeto.

— Domingo — nos diz ela enquanto estamos na cama lendo — vamos a um museu recém-inaugurado e que parece ser magnífico.

Concordamos. Gostamos quando mamãe faz planos para o futuro. Domingo pode querer dizer tanto em quinze dias como em um mês, estamos acostumadas, mas isso não importa.

Nós três sorrimos.

Nós quatro, contando papai no porta-retratos.

Sua Kitty

Quarta-feira, 24 de janeiro.

Querida Anne,

Às terças vou à piscina. Ontem, portanto.
Não é aula.
Quando era pequena, eu tinha aulas de natação.
No entanto, as competições me deixavam um pouco estressada. Não sou contra a ideia de competição. No caso de esportes, principalmente, admiro todos os esforços que os atletas são capazes de fazer para se superar, ou superar o espaço e o tempo. Mesmo na escola, confesso que gosto de saber que tirei uma nota maior que a da Berenice ou dos outros. Não sou santa! Gosto de ver a expressão da melhor aluna da sala quando a supero em redação. Berenice vive para ser a primeira. Não deve lhe fazer mal saber que existem outras coisas na vida.

Porém na natação não funcionava. Eu não tinha vontade de me esgotar atravessando a piscina o mais rápido possível.

Agora vou à piscina quando está aberta ao público e posso fazer nela o que eu quiser. Dou minhas braçadas, claro, porque adoro nadar, mas também faço outras coisas.

Às vezes, Berenice me acompanha. Só que o principal objetivo dela é mostrar como fica bem no seu novo maiô. Por isso insiste em que a gente fique na borda conversando. Vejo a água me chamando e me irrito com ela.

Prefiro ir com Melodie, como ontem. Ainda gostamos de fazer coisas juntas, e isso me deixa feliz. Espero que a gente sempre faça coisas juntas. No caminho, às vezes tento me lembrar das nossas histórias de meninas pobres e abandonadas, com um destino grandioso. Então ela responde que agora já é grande demais, que seu destino só vai ser grandioso se trabalhar bastante. Tenho a impressão de que não acredita muito nisso. Mas tudo bem, ela sorri para mim, como quem diz: "Ok, você pode continuar com essas histórias, se isso te agrada". Também parece dizer: "Tenho que pensar em coisas mais importantes". Eu a vejo apertar a chave de casa nas mãos. Em nenhum momento penso em pegá-la. Felizmente, minha irmã está ali, comigo.

O objetivo da Melodie na piscina também é diferente do meu. Diz que vai para "se exercitar". Ela corre de manhã cedo, para se manter em forma. Depois mergulha na piscina e não para de nadar. Por mim, tudo bem.

Eu vou à piscina porque adoro água. Gosto de boiar. Deixo-me levar, com as mãos em torno das pernas dobradas, escutando os golpes surdos do silêncio. Escuto esse silêncio, sou invadida por ele, estou no meu elemento.

Ontem à noite aconteceu uma coisa diferente. Dimitri estava na piscina.

Preciso explicar a você quem é ele.

Eu o conheço desde a educação infantil. Portanto, há muito mais tempo do que Berenice. Só que a gente se perdeu de vista depois dos dez anos.

"Perder de vista", na verdade, não é a expressão adequada. Nós nos vemos sempre. Vivemos na mesma cidade, ainda que em bairros diferentes. E sempre estivemos na mesma classe, menos no sexto ano e agora, no nono.

Mas, antes dos dez anos, éramos apaixonados. Na sala de aula, sentados um ao lado do outro, trocávamos palavras lindas e eternas. Morríamos juntos. Era terrível e doce. A gente se achava o máximo diante do quadro-negro.

Não sei dizer o que aconteceu. Provavelmente nada. Apenas crescemos.

Crescer é uma coisa estranha. O olhar bem vertical mira uma linha definida apenas por nós mesmos. Pode ser qualquer coisa: a beirada de um móvel, o topo de uma mureta , o cotovelo de um adulto, algo assim. Alguns meses depois, o mesmo olhar vertical dá um pouco de vertigem, por estar mais alto do que a beirada do móvel. É possível ver a paisagem além da mureta. Quando você encosta a cabeça no peito de um adulto, ela toca o queixo dele.

As referências vão mudando sem parar. Desse ponto de vista, não é estranho que Dimitri e eu tenhamos "nos perdido de vista", que a gente não se fale desde o quinto ano.

Minha amizade com Berenice tem responsabilidade nisso. Ela despreza o tipo de garoto que ele é. Para começar, Dimitri não está nem aí para moda, embora não esteja completamente por fora. Costuma usar *jeans*, camiseta e moletom sem marca, tudo o que há de mais simples. E fica bem assim.

Além disso, é um aluno mediano. Nada o distingue dos outros, e isso, para Berenice, é inaceitável. De vez em quando, ela solta algumas observações sobre Dimitri, quando ele surge por acaso no seu caminho e ela não consegue evitá-lo. Limitam-se a: "Esse idiota", "Esse ignorante", "Esse fracassado". Berenice não se rebaixaria a dirigir-lhe a palavra. Para não desagradar minha amiga, faço o mesmo.

— A gente merece mais do que isso — diz ela às vezes, pegando no meu braço.

Então nunca me aproximo do Dimitri, nunca falo com ele. Simplesmente, quando nossos olhares se cruzam, sabemos que um reconhece o outro. Eu acho.

Ontem, assim que entrei na área da piscina, logo o vi. Ele se preparava para mergulhar. Recuou um pouco assim que me viu, depois pulou na água.

Fiquei envergonhada por estar de maiô, mesmo sabendo que fica bem em mim. É uma vergonha boba, eu sei. Então entrei rápido na piscina. Imaginei que ele talvez sentisse o mesmo, porque não saiu mais da água para mergulhar ou fazer qualquer outra coisa. Dimitri começou a atravessar a piscina. Eu também.

A gente se cruzou três vezes.

Acima da linha da água, ele reduziu os movimentos e me deu um sorriso.

Na terceira vez, minhas pernas estavam acabadas, e tive que parar de nadar. Fiquei na parte mais rasa, brincando na água como quando era pequena. Eu me encolhi e me deixei afundar lentamente, até tocar o fundo. Abri os olhos e vi as bolhas feitas pelos movimentos do Dimitri quando ele passou perto de mim. Pensei: "Estamos na mesma água".

Não dissemos nada um ao outro. Porém me senti confortada por aquele sorriso. Melodie e eu também não trocamos uma palavra no caminho de volta. Melhor dizendo, ela me aconselhou:

— Veste o casaco, você vai ficar com frio.

No entanto, meu coração agora pleno crescia a meu redor como uma bolha protetora.

Sua Kitty

Quinta-feira, 25 de janeiro.

Querida Anne,

Eu me lembro de uma situação com Dimitri, quando tínhamos uns nove anos. Preciso contar isso! Ouço o som da minha voz, do meu grito:

— Dimitri! Vem ver um besouro! Olha, é dourado e brilha!

Às vezes passávamos as tardes das férias de verão no porto, à beira do dique.

Naquele dia, ele estava com os pés na água, sentado em uma das pedras brancas, com as mãos para trás sobre a superfície quente. Tinha o rosto voltado para o sol, com os olhos fechados.

Então os abriu e olhou para mim, que estava agachada perto dali. Eu era muito ligada em detalhes. Quando passeávamos, observava um monte de coisas em que ele não prestava a menor atenção: as folhas dos plátanos dançando suavemente, os pontos de luz que elas faziam ondular em meu rosto, mas também um parafuso saliente em uma barreira metálica, ou um pedaço de papel-alumínio deixado no cascalho, com o formato de um coração brilhante.

Ele calçou os chinelos com os pés molhados, levantou-se e se aproximou de mim.

— É demais esse besouro! A gente queima ele de uma vez ou arranca as asas primeiro?

E caiu na risada.

Olhei para ele assustada.

— Tudo bem, Cleo! Pode guardar seu tesouro num vidro. Mas não sei se isso é melhor do que morrer.

E se afastou com desdém.

Então eu gritei:

— Você vai ver!

Dimitri começou a rir e saiu correndo de maneira engraçada. Parecia ser puxado por uma linha. Virava-se de vez em quando.

Fui em disparada atrás dele. Corremos pelo dique, ao lado do mar cintilante.

Depois paramos, exaustos, os dois ao mesmo tempo. Sem saber por quê.

Não lembrávamos mais por que estávamos correndo. Mas sabíamos por que estávamos juntos.

Sua Kitty

Sexta-feira, 26 de janeiro.

Querida Anne,

Estou doente.

Melodie acha que é porque eu não estava bem agasalhada na outra noite. Acho improvável. Estava protegida por algo mais quente do que um casaco, o que não me impediu de ter febre.

Mamãe me levou ao médico à tarde.

O que eu gosto, no consultório, é da sala de espera. Primeiro observo as pessoas. Depois imagino formas no ar. Ou então, discretamente, escrevo palavras no chão com a ponta do pé. Hoje desenhei ondas e personagens, cujo contorno devia ser traçado sem interrupção. É como desenhar com um lápis sem levantá-lo do papel.

Gosto de inventar regras como essa. Quando estou com febre, faço isso com um pouco mais de frequência. De todo modo, nunca me aborreço. Cada detalhe me fascina.

Quando era pequena, eu falava que um dia seria capaz de escrever um livro de trezentas páginas narrando apenas uma hora da minha vida. Passava horas observando o desenho do papel de parede ou as irregularidades do teto. Acreditava que um dia poderia preencher várias páginas apenas com a descrição de um pequeno objeto e todas as ideias que acompanhavam aquilo, talvez de modo que o objeto pensasse por si mesmo. Nesse livro, eu contaria que em certo momento saí da cama e fui até a janela, e esse movimento duraria cinquenta páginas pelo menos. Eu faria questão de praticamente não me mover, mas registraria tudo: a sensação do carpete sob meus pés, o deslocamento de ar ínfimo em meu rosto, a mudança no campo visual, a posição das minhas mãos e dos meus pés, meu equilíbrio, nem sei mais o quê. E, claro, tudo o que passasse pela minha cabeça naquele momento. Desconfiava que não seria um romance muito emocionante, mas acho que despertaria algum interesse. De certa maneira, aquilo que eu não vivia naquele momento tinha sua importância. Afinal, eu vivia assim. A vida também era isso, talvez sobretudo isso. Quando a gente é pequena, não se preocupa em estar perdendo tempo, não dá a menor atenção a essas coisas, vive como bem entende. Gostaria de ter permanecido assim.

Sua Kitty

Terça-feira, 30 de janeiro.

Querida Anne,

Você nasceu em 12 de junho de 1929.

Escreveu sua última carta em 10 de agosto de 1944. Tinha quinze anos, um mês e vinte dias.

Morreu no início de março de 1945 (de tifo, em Bergen-Belsen, dois meses antes desse campo de concentração ser liberado...). Você tinha quinze anos e oito meses.

Eu tenho catorze anos, onze meses e dezenove dias.

Em nove meses terei a mesma idade que você tinha quando morreu.

Mas não é esse período que importa agora.

Existe uma lacuna entre sua prisão e sua morte, em que você viveu o que nem consigo imaginar. Prefiro acreditar que o pior foi a terem afastado do seu diário. Talvez tenha sido mesmo. Imagino você lá fora, sem seu diário. Você que sonhava enfim poder caminhar para além do castanheiro. Talvez, nesse trajeto, você tenha observado a árvore até ela se tornar um pequeno ponto. Do tamanho de uma castanha. Talvez você tenha ficado magoada com ela por não ter cumprido a promessa das estações se sucedendo.

Ou talvez, ao contrário, você tenha ficado grata ao castanheiro por se manter fiel à passagem do tempo. Você, que havia sido levada, com brutalidade, para o horror criado pelos homens.

Provavelmente você continuou a escrever o diário na sua mente. Prefiro acreditar que ainda tinha a possibilidade de se entregar às palavras. De pensar em Kitty.

Esse vazio na sua vida, esse vazio sem escrita, não consigo imaginar.

Em dois meses terei a idade que você tinha quando escreveu sua última carta.

Nesse momento alguma coisa vai se passar, com certeza.

Uma onda?

da? Poderia me divertir, como se eu desenrolasse um carretel sem fim. O fio faria o desenho de uma on

Ou melhor, de um balanço.

Sempre a febre. Pregada na cama.

Sua Kitty

Quarta-feira, 31 de janeiro.

Querida Anne,

O tifo.

A princípio, relutei em pesquisar na internet o significado real dessa palavra. Era melhor que o tifo permanecesse indistinto, como uma folha de castanheiro levada para longe, bem longe, pelo vento do outono. Depois me irritei com minha falta de coragem. Por que não encarar a verdade? Você foi obrigada a fazer isso... Além do mais, a gente tem sempre que ir até o fundo das coisas. Não pode ficar na superfície. Então pesquisei.

Descobri que "tifo" vem do grego *typhos*.

Essa doença é transmitida por pulgas ou piolhos. As bactérias se desenvolvem em más condições de higiene, como se vê nas prisões ou nos campos de concentração, entre refugiados ou moradores de rua, ou, até a metade do século XX, nos exércitos em campanha.

Os sintomas são: febre, que pode chegar a 39°C, dor de cabeça e estado de confusão mental e estupor (typhos).

Meu olhar passou rapidamente pela foto de um torso doente. Não consegui olhar. Anne, me perdoe, não tenho coragem.

Também encontrei o seguinte:

Para o monstro da mitologia grega, ver Tifão.

Um monstro... Normal. Cliquei no nome. Veja o que encontrei:

Tifão: Poucas pessoas o viram, nenhum ser humano se aproximou dele, todos os deuses que o confrontaram se metamorfosearam, exceto Zeus, que ao final de um combate homérico o esmagou com um raio sob o Etna, o que explicaria por que se trata de um vulcão em erupção permanente.

Se você tivesse sido uma deusa, Anne, poderia ter se metamorfoseado. Fico tentando imaginar em quê...

Sua Kitty

Fevereiro

Sexta-feira, 2 de fevereiro.

Querida Anne,

A febre afinal passou. Era gripe.

Enquanto estava de cama, estudei um pouco de francês. Encontrei um trecho de um livro de Marguerite Duras chamado *O verão de 80*:

Disse-me que se escreve sempre sobre o corpo morto do mundo e, da mesma maneira, sobre o corpo morto do amor. Que era nos estados de ausência que a escrita se abismava para não substituir nada do que havia sido vivido ou supostamente vivido, mas para registrar o deserto por ele deixado.[2]

Será que você entenderia o que diz Marguerite Duras, Anne?

Às vezes os livros trazem palavras que assustam.

Mas que também atraem.

Talvez, quando eu puder compreendê-las, elas já não me inquietem mais.

"Corpo morto" me lembra o nome daquela ave marinha, "cormorão". Só isso já me agrada.

Eu escrevo, porém ainda não conheço o amor. Sim, eu me apaixonei pelo Dimitri, quando era pequena. No entanto, era um amor de criança.

Meu corpo não está morto. Está em espera.

Berenice, sim, já beijou vários meninos. Na classe, algumas meninas dizem que já transaram. Berenice acha que é mentira, mas eu não. Ela não consegue imaginar até que ponto se pode amar na nossa idade.

Sei que eu poderia ir bem longe.

Quando converso sobre isso com Berenice, sinto medo nas palavras dela. Acho que não vou ter medo. Mal posso esperar para revelar meu corpo a quem amar. O que me assusta é ir em direção ao amor. É por isso que ainda não beijei ninguém. Esse primeiro passo é que me parece enorme. Depois, tudo deve fluir naturalmente, né?

Mas posso estar enganada.

Acho meu corpo bonito, vendo-o no espelho do banheiro. É como se ele tivesse vida própria. É estranho ser menina. A começar pela menstruação. A minha veio pela primeira vez há dois anos.

Esse é outro motivo de queixa para Berenice, mas eu fico maravilhada cada vez que o sangue sai de mim. É como se não fosse eu. Acontece a minha revelia, e é um sentimento de infinita doçura.

Nesses momentos, sinto-me bem perto do seu castanheiro.

Anne, você tinha Peter, só tinha Peter, entendo que tenha desejado amá-lo. Eu teria feito a mesma coisa. No entanto, posso escolher. Sinto que Dimitri não me decepcionaria.

Sabe o que estou ouvindo?

Aproveitei que Melodie foi para a escola e pus um CD do papai para tocar. Deitei no tapete da sala para lhe escrever. A música é de um compositor clássico francês, Jean-Philippe Rameau.

É assim que penso no meu pai. Raramente pego suas fotos, não sinto necessidade.

Na minha cabeça, papai não tem mais corpo, nem mesmo uma silhueta. Penso nele como um fundo azul no qual seriam colocados papéis brancos dobrados. Seriam como folhas de árvore ou asas de pássaro. Conforme meu humor, papai é o azul ou o branco. Ele é a dobra e depois o desdobramento do papel. É a memória da dobra desdobrada. Sua forma é imprevista.

Sua Kitty

Quarta-feira, 7 de fevereiro.

Querida Anne,

Estamos em fevereiro, mas, este ano, alguns dias parecem de verão.

Como ontem. Tínhamos uma aula vaga e Berenice, Johan e eu fomos passear no pinhal. Johan, um garoto do primeiro ano do ensino médio, é a nova presa dela.

Paramos, e eu me sentei em uma pedra, abraçando as pernas, com o sol ardendo na minha pele, que ainda trazia alguma lembrança de bronzeado. Comecei a observar Johan.

Ele sentou-se bem perto da Berenice. Os dois se divertiam, riam à toa, e de certo modo fiquei com raiva deles. Como ela sabe que é bonita, sente-se segura. Se eu estivesse no seu lugar e Berenice no meu, eu também estaria com um garoto e, por isso mesmo, não ia querê-la por perto, com certeza. Berenice não me pediu que a deixasse sozinha, para que pudesse ficar em paz com Johan, porque lhe interessava que eu estivesse ali, como uma espécie de saída de emergência. Dito e feito: ela o deixou de lado e veio para perto de mim. Pegou meu braço e disse:

— Ufa, ainda bem que você está aqui, ou eu não saberia como me livrar desse cara!

Só que ela acabou beijando Johan pouco depois. Para abandoná-lo no dia seguinte.

Johan foi se aproximando, encostando-se, deixando-se acariciar. Era só o que queria. Ignorava-me completamente, como se eu não existisse. Comecei a me perguntar por que eu me submetia àquele tipo de coisa.

Estávamos em um barco de pedra, que há muito tempo foi de um antigo marinheiro que enriqueceu. Na ocasião, ele mandou esculpi-lo ali, em terra, com vista para o porto. Pouco depois, caiu um raio sobre o barco, e agora uma fenda o divide em duas partes. O pinheiro que servia de mastro caiu. Eu estava perto da fenda, e os dois, no meio do convés. Tenho vontade de acrescentar: como deveria ser.

Berenice ria, e eu contava os barcos a distância. Por que eu permanecia ali? Por causa da Berenice. Às vezes ela me olhava e dava uma piscadela, em sinal de cumplicidade. Eu esperava que ela viesse até mim e fôssemos embora, deixando Johan para trás. Mas aquele momento não chegava. Ela sorriu para mim antes de beijá-lo. Seu sorriso queria dizer: "Fique". Era um jogo, com novas regras? Com qual objetivo? Quando se ganha e o quê? A mensagem que ela me enviava era: "Nenhum menino vai separar a gente, nunca. Não se preocupe, ele não significa nada". E ainda: "Veja como se beija. Como isso não vai acontecer logo com você, aproveite para ir aprendendo".

O beijo acabou.

Berenice tem uma voz infantil, que é um pouco aguda para a idade e que não encontra a altura adequada, saindo baixa ou alta de uma hora para a outra, sem razão aparente. Acho que isso faz parte de seu charme. Depois do beijo, eu a escutava sem me preocupar em entender suas palavras. Johan agora tentava me incluir na conversa. Entretanto, Berenice logo o desencorajava, com algum gesto ou palavra. Ele e eu não podíamos existir um para o outro. Não éramos do mesmo mundo. A única ligação era ela. Era o que Berenice desejava impor. Deixei para lá e comecei a brincar com uma pedrinha.

Por que impedir Johan de falar comigo? Por que tal regra no jogo? Como sempre, Berenice ia longe demais.

Mas ainda deixei passar. Há tanta coisa mais grave na vida, tão mais horrorosa, tão mais terrível... Deixei passar pensando em você, Anne. Não vivo em um país ocupado, onde se cometem atrocidades. Não preciso me esconder, diante do medo e da incerteza. Não estou sob a ameaça de campos de concentração ou de extermínio. Não vão me matar lentamente... Tenho sorte, não importa o que eu viva aqui e agora.

Pensei tudo isso mais uma vez, relativizei, e foi como se o mundo a nossa volta de repente tornasse a existir. Como se uma bolha houvesse estourado. Como se aquele lugar, aquele barco de pedra, aquela fenda tivessem virado um ponto bem pequeno, perdido na imensidão e no caos do universo.

Até aquele momento, dava para ouvir ao fundo um canto persistente, que parecia a trilha sonora dos joguinhos da Berenice. De repente, parou. Então, olhando nos olhos de Johan, eu disse, com voz forte, mas serena, o que, para mim, fazia mais sentido naquele momento:

— Olha, os pássaros pararam de cantar.

Ele me olhou desconcertado.

O que me fez dizer aquilo em voz alta, em vez de falar com ele normalmente? Ninguém liga para os pássaros! Percebi que devia ter parecido meio maluca para Johan. Não é o tipo de coisa que se diz. A gente diz "É sério", "Que chato", "Esse cara é péssimo", mas não "Olha, os pássaros pararam de cantar", a não ser que você seja completamente imbecil.

Berenice fez o que sempre faz quando não sabe o que dizer: começou a rir bem alto, para se tornar o centro das atenções, depois se acalmou. Um breve silêncio se estabeleceu entre nós, um silêncio estranho em que diversas coisas ruíram.

Mas Berenice, que não queria perder a atenção nem sua credibilidade, disse:

— Não importa...

E sua voz, estranha e aguda, meio triste, parecia ao mesmo tempo enterrar uma coisa e desenterrar outra.

Sua Kitty

Quinta-feira, 8 de fevereiro.

Querida Anne,

A ala do ensino fundamental é colada à do ensino médio. É um prédio grande em L.

Toda manhã, quando me aproximo, franzo os olhos para o prédio. Só para torná-lo menos comum, menos cotidiano. Outro modo de fazer isso é massagear vigorosamente as pálpebras fechadas com os polegares. Então, em vez do prédio sem graça de linhas duras, vejo um monte de pontinhos, círculos e linhas que se fundem. É igual à arte dos aborígines australianos. Parece que cada uma de suas pinturas narra um episódio da criação do mundo.

Eu gostaria de fazer a mesma coisa com os professores e uma porção de alunos, só que iam me tomar por louca, metade do tempo com os dedos enfiados nos olhos e a outra metade alucinada. E a última coisa que eu quero é parecer estranha.

Acho que não consigo controlar isso sempre, mas tento. Imagino ter algo que me diferencia dos outros, porém me esforço para parecer uma pessoa comum. É por isso que fiquei bem desanimada hoje, quando fui recebida com sons de pássaros.

A princípio, não prestei atenção. Eu estava a alguns metros da porta de vidro da entrada da escola. Garotos e garotas da minha idade ainda fazem ruídos estranhos, como crianças balbuciando. Pensei que fosse uma brincadeira que não me dizia respeito. Então os ruídos pararam e alguém falou com uma voz aguda, em falsete:

— Olha, os pássaros pararam de cantar.

Os risos explodiram. Eu me virei na direção dos otários. Estavam todos sentados no gramado, ao lado da porta de vidro. Entre eles, claro, estava Johan.

E Berenice, que ria também.

Então ela fingiu se arrepender e pôs a mão sobre a boca. Com gestos exagerados, começou a pedir aos outros que se calassem.

— Já chega, não tem graça — disse ela.

E veio em minha direção.

— Não liga, Cleo, eles são uns tontos. Deixa pra lá.

Não respondi, só empurrei a porta. Berenice veio atrás de mim e me segurou pelos ombros. Fiz então um movimento que não pude conter. Eu a empurrei, exclamando:

— Me deixa em paz!

Ela ficou imóvel por um instante. Estava espantada com minha reação. Era a primeira vez que eu me rebelava.

— Johan e eu terminamos. Ele é um otário — disse ela.

— Quem é que você não acha otário? E por que se diverte com os otários? Por que me zoa junto com eles? O que fala de mim? Também sou otária quando está com eles? Foi você que contou essa história dos pássaros? Você também estava rindo de mim, Berenice!

Esse longo discurso explodiu da minha boca. Não consegui segurar. Não queria segurar. Normalmente Berenice me protegia. No entanto, ela havia rompido um pacto, nosso pacto, ao rir de mim na frente de todo mundo!

Ela me olhou com uma tristeza estranha e um sorriso de piedade.

— Estou aqui com você, não com eles. Olha, eles podem ver que estou ao seu lado. É o que conta, né? Foi Johan que te zoou, não eu. E foi por isso que eu terminei com ele, não gostei do que ele fez. Eu nem estava rindo por causa disso, mas de outra coisa que estavam falando. O que pensa que eu sou? Eu nunca faria isso!

Fiquei imóvel por um instante. Será que eu a tinha julgado rápido demais, como as pessoas fazem o tempo todo? Ou ela estava distorcendo a realidade? Berenice falou, mais baixo:

— Quando foi em casa, outro dia, minha mãe não achou você muito bem. Ela me disse que você pode ir dormir lá sempre que quiser, e até passar alguns dias, se preferir. Não importa quando.

Então Berenice se foi.

E eu fiquei ali plantada, mortificada.

Na última vez em que fui à casa da Berenice, eu ainda me recuperava da gripe. Só isso. O que a mãe dela imaginou? Por que fez esse convite? Será que pareço alguém que precisa de acolhimento? Que precisa de refúgio por alguns dias? Que imagem ela tem de mim? Que imagem tem da minha família? O que será que falam de nós? Será que é porque não tenho mais pai? Porque minha mãe não parece uma mãe normal? E por que ela não parece uma mãe normal? O que é uma mãe normal?

Todas essas questões me dão dor de cabeça.

Ah, Anne, não sei o que significa "normal"! Acho que somos todos anormais. Nossas diferenças são tão sutis... A que norma os outros se referem? Que norma está instalada na cabeça da Berenice e da mãe dela?

O que eu sei é que cada um tem a própria visão das coisas. Ninguém raciocina com o mesmo mecanismo, com as mesmas engrenagens. O olhar de cada um não se dirige aos mesmos objetos. Tive essa ideia ao observar mamãe. Seu olhar parece nunca pousar em algo que seja preciso. Apenas nos seus estilhaços de espelho, ou nas flores que enchem nosso apartamento e as beiradas das janelas.

— Eu poderia ter sido florista — diz ela, às vezes.

Então também olho para essas flores. Coloridas, seus lábios de formas variadas beijam anjos imaginários. Vivem sabiamente protegidas nos seus pedaços de terra, quadrados ou redondos, com os caules presos a varetas, seus impulsos contidos, e começo a sonhar com grandes áreas frondosas.

Sempre tenho a sensação de que minha mente é uma floresta vasta, enquanto a dos outros é um jardim bem arrumado. Às questões dos professores, me ocorre tamanha quantidade de respostas que nunca consigo levantar a mão a tempo de dá-las. Alguém sempre responde antes, com uma frase clara e precisa, que é elogiada.

Às vezes acho que a escola me ensina a organizar minha mente, e os livros, a desordená-la. O resultado é que nunca tenho certeza de nada. Fico espantada com os julgamentos categóricos, com a segurança de pessoas como Berenice. Abro muitas gavetas ao mesmo tempo na arrumação da minha cabeça. Acho especialmente importante preencher bem as prateleiras.

Esse preenchimento na verdade é um mistério. Os outros não parecem dar tanta importância a tal coisa. Mesmo que eu morra amanhã, ou melhor, principalmente se eu morrer amanhã, preciso garantir que tudo esteja ocupado. É um projeto meu, de curto ou longo prazo, não importa. O tempo não tem nada a ver com isso. É uma imagem que eu vejo, para a qual me dirijo. Os contornos da minha silhueta vão se diluir e ser levados nas asas dos pássaros, diante da janela, diante dessas flores para as quais mamãe olha mais fixamente do que para mim.

Sua Kitty

Domingo, 11 de fevereiro.

Querida Anne,

Faço quinze anos hoje. Posso imaginar você me dando os parabéns, obrigada! Mas haverá outra oportunidade. Vamos comemorar hoje à noite. Mamãe está fazendo bolo de chocolate, meu preferido. Eu disse a ela que não queria presente, mas sei que me comprou um caderno novo e uma caneta especial. Ela não sabe que em menos de dois meses não terei mais necessidade de fazer isso...

Aproveitando a ocasião, refleti sobre minha vida. Voltei ao passado. Mais uma vez.

Acho que me lembro da minha infância. No entanto, não sei se os fatos de que me recordo são os importantes. Nem mesmo sei se são verdadeiros ou se eu os modifiquei. É como se eu visse tudo através de uma vidraça suja e embaçada.

Sempre me pergunto se venho de fato de onde acredito vir.

Talvez eu possa inventar. Assim seria mais fácil escrever minhas ideias de transformação. Se eu invento o que me torno, certamente devo ter o direito de inventar de onde venho. Quem sabe até de inventar quem sou. Existir não seria mais um problema.

Por que não? A escrita permitiria isso.

Escrevendo, eu poderia inventar toda a minha vida, do meu nascimento até hoje. A maior das verdades estaria aí, na maior das mentiras, e isso seria maravilhoso.

Sua Kitty

Março

Domingo, 4 de março.

Querida Anne,

Começou de novo. Anne, começou de novo!

Essa tarde, Melodie e eu fomos à piscina. Às vezes também vamos no domingo, além da terça. Voltamos quando já havia anoitecido. As estrelas tinham um brilho especial. Hoje, Dimitri não estava lá, mas mesmo assim nadei com sua imagem na água. Depois, no caminho de volta, eu a guardei em minha mente. Dessa vez, Melodie me fez vestir o casaco, como se eu fosse criança.

Rimos bastante chutando uma lata de conserva vazia, enquanto corríamos cada vez mais rápido. Eu me lembrei de quando éramos pequenas, do tempo em que ficávamos na rua, correndo, subindo em árvores, brincando de inventar mil histórias. Fiquei muito contente de reviver a sensação de ter uma verdadeira alma gêmea, cujo riso é um eco de sua alegria.

Entramos fazendo bastante barulho. Ainda estávamos rindo. Mamãe não estava na sala. Ela veio do nosso quarto dizendo:

— Acabou o leite. Vou ao mercado comprar.

— Posso ir se quiser — propôs Melodie.

— Não, querida, vai me fazer bem sair um pouco.

Ela vestiu sua capa de chuva, que ia até um pouco abaixo do quadril e tinha um cinto. Olhei para ela, estava elegante. Minha mãe é tão loira quanto eu sou morena. Seus cabelos, não muito longos, são delicados como os de uma criança. Observei mais do que de costume seus olhos castanho-claros, fugidios. Seus lábios finos. Seus anéis. Seus sapatos pretos de salto baixo.

— Até daqui a pouco — disse ela antes de desaparecer pela porta.

Melodie e eu continuamos a rir. Caímos no sofá e ficamos vendo uma revista gratuita que falava de estrelas da internet e nos divertindo com algumas fotos de *youtubers* e anúncios. Depois Melodie foi fazer a lição de casa no quarto. Tinha umas equações para resolver. Ela me falou sobre o número de ouro, e achei aquilo bonito.

Liguei a tevê para assistir a alguma coisa que esvaziasse a cabeça. É gostoso ver tevê depois da piscina, do cloro, do silêncio aquático, do corpo imerso. É como continuar flutuando.

Passada meia hora, Melodie saiu do quarto com a testa franzida.

— Mamãe ainda não voltou?

— Não. Ela deve ter encontrado alguém e ficado conversando.

Mas imediatamente a dúvida se insinuou no meu peito e se transformou em preocupação. Eu já não flutuava. Levantei. Não conseguia mais ficar parada. Ela havia fugido? Afinal, já tinha feito aquilo. No entanto, tudo parecia ir bem nos últimos tempos. Não era mais como naquelas épocas em que ela tomava remédios que a deixavam melancólica e ia ao psiquiatra duas vezes por semana. Não, mamãe estava bem havia mais de um ano. Tudo estava melhor. Uma recaída não era possível! De jeito nenhum! Eu não queria aquilo. Rejeitei com todas as minhas forças a ideia, que parecia correr em mim como um líquido escuro e denso. Eu sabia que Melodie não conseguia se concentrar do outro lado da parede. Os números e as curvas deviam dançar diante de seus olhos.

A parede tremeu um pouco.

Tentei ligar para mamãe, mas ela não atendeu. Tinha certeza de que Melodie também já tinha feito aquilo várias vezes.

Uma hora se passou, ao som da tevê. Eu já não prestava mais atenção no que diziam. A luz das duas lâmpadas fracas da sala se tornou difusa, reduzida a halos. Ergui as mãos e mexi os dedos. Fiquei absorvida pelos movimentos, como se fossem personagens pequenos e estranhos que tentavam me distrair. Então Melodie reapareceu.

— Vou sair, Cleo. Vou ver se consigo encontrar a mamãe.

Concordei em silêncio e ela saiu.

Fiquei sozinha, andando pelo apartamento. Entrei em cada cômodo. O som da tevê me tranquilizava. Acho que até aumentei um pouco o volume.

Passei diante das fotos do papai sem olhar para elas. Então verifiquei meu celular pela centésima vez. Mamãe o comprou para mim dois anos atrás, em uma oferta. É bem simples, mas funciona, e tem tudo de que preciso... Gosto de ficar na internet ou jogar, e às vezes ligo ou envio uma mensagem para Melodie, mas raramente tento falar com mamãe, pois sei que ela quase sempre esquece o celular em casa, quando não o deixa no modo silencioso sem querer. Ela o usa pouco. Na verdade, não precisa dele.

Vale dizer que Melodie e eu temos horários bem definidos. Ela estuda tanto que é raro sair com as amigas. E minha vida social, fora Berenice, é tão reduzida, que há poucos imprevistos. Além do mais, não somos as típicas "adolescentes problemáticas". Talvez porque a gente saiba que não vale a pena forçar a barra. Mamãe nunca teve que se preocupar com a gente. Por isso, Anne, não é estranho eu nunca precisar ligar para ela.

Verifiquei minhas mensagens. Nada.

Mas minha mãe nunca manda mensagens.

Sua vida também não tem imprevistos. Quando acontece um, como hoje, é tão grande que nem mesmo ela tem consciência dele. É um imprevisto que mamãe não pode compartilhar. Um imprevisto bem mais forte do que sua vontade.

Eu acho.

Melodie voltou. Fechou a porta e ficou ali, imóvel, por vários instantes.

— Começou de novo, Cleo. Só nos resta esperar.

Sua Kitty

Segunda-feira, 5 de março, madrugada.

Querida Anne,

São quatro da manhã. Melodie e eu estamos clareando a noite — será que podemos falar assim quando passamos a noite em claro? Ainda bem que você está comigo, Anne.

Normalmente, são pessoas da minha idade que fogem. Quando eu estava no oitavo ano, uma garota da minha classe vivia fugindo. Ela havia chegado no decorrer do semestre, e a professora de francês chamou três alunos para conversar, incluindo eu. Ela nos disse:

— Escolhi vocês três porque têm características bem diferentes. Queria pedir que tentem ajudar S. Com seus deveres, por exemplo. Ela é vulnerável, vocês devem ter ouvido falar...

Ela não disse "conto com vocês", mas é como se tivesse dito. Foi difícil. A menina era completamente fechada. Eu falava com ela, mas não respondia. Às vezes se levantava, em plena aula, e saía. Ela era muito rápida. Geralmente os professores não conseguiam segurá-la. Depois, era encontrada escondida em algum barco, lá no porto.

Um dia, ela não foi à escola. Disseram que estava no hospital. Tinha pulado não sabíamos de onde, nunca soubemos direito, mas os rumores corriam: do terraço de seu prédio, da sua janela, etc. Ela escapou com vida, porém não a vimos mais. Desapareceu. Depois de quase conseguir uma fuga definitiva.

Uma fuga. É uma bela palavra, que designa também uma forma musical em que diferentes partes retomam o mesmo motivo.

No entanto, quase nunca ouvimos falar de fugas de adultos. Deve ser porque um adulto é supostamente livre. Faz o que quer. Passa seus dias e suas noites onde desejar. Mas uma mãe? Quando alguém tem filhos, não pode mais fazer o que bem entende. Eu acho.

Minha mãe talvez seja uma exceção.

Mesmo assim, ela poderia ligar.

Estou com raiva. Será que ela pensa na gente? Na nossa preocupação?

Quando Melodie chegou depois de procurar mamãe, eu pedi a ela:

— Por favor, vamos ouvir um CD do papai?

Fazíamos isso antes, quando mamãe fugia. Escutávamos os CDs do papai por horas, noites inteiras, até ela voltar. Mas, como fazia muito tempo que isso não ocorria, eu tinha medo de que Melodie recusasse o ritual como uma lembrança ruim. Ela ainda estava na porta, de casaco e bolsa no ombro. Parecia que tinha chovido. Ela era uma figura triste e molhada. Diferentemente de mim, que sempre procuro mudar o corte, minha irmã deixou os cabelos crescerem. Caíam sobre os ombros, os braços e marcavam seu rosto pálido. Melodie é muito mais bonita que eu. Pensei nisso quando seus olhos azuis se fixaram nos meus (de onde vem a cor dos olhos dela é um mistério, mas conhecemos pouco as famílias do papai e da mamãe). Minha irmã respondeu:

— Tá, põe o que você quiser.

Coloquei *Concertos italianos*, de Johann Sebastian Bach. Antes de começar a tocar, pensei em algo em que nunca tinha pensado: no anexo em que se escondia, querida Anne, você não podia escutar música como gostaria. Uma vida sem música... Felizmente, você tinha as palavras.

O concerto começou. Eu me sentei na cama da Melodie, diante das fotos. Ela se aproximou, agora sem casaco nem bolsa. Ficamos ali, olhando para aquele homem de quem não me lembro nem um pouco, meu pai. Nada do papai.

Entretanto, ele estava bem mais presente do que a mamãe, naquele momento. A música era emocionante. Às vezes, bem alegre. Ficamos ali sentadas por muito tempo.

Quando o piano silenciou, foi Melodie quem pôs outro CD. As horas se passaram assim. De vez em quando, Melodie ligava para mamãe. Punha no viva--voz a gravação da caixa de mensagens. Sua voz parecia de outra pessoa:

Você ligou para Aude Saunières. Não posso atender agora, deixe um recado!

O tom era monocórdio, menos no final: "um recado" soava estranho. O tom alegre não parecia da mamãe. Ela às vezes soa alegre, mas não desse modo superficial. Essas gravações sempre me dão a impressão de algo irreal. A gente ouve a voz de alguém com quem não vai falar. A ausência tem a voz do ausente.

Por volta das duas da manhã, estávamos deitadas uma ao lado da outra, com os olhos bem abertos. Melodie ouviu dez vezes a mensagem da mamãe.
deixe um recado!
um recado!
cado!
— Por favor, para — reclamei.
Eu imaginava minha mãe vagando pela cidade. Caminhando sem destino. Eu me afastava da sua imagem como se estivesse em um balão subindo rumo às nuvens. Por fim, estava tão alto que só a percebia como um pontinho. Seu trajeto deixava um rastro, como a fumaça dos motores dos aviões riscando o céu. O desenho final parecia várias estrelas emaranhadas.

Às três horas, Melodie começou a falar:
— Eu tinha inveja de você quando era menor. Você vivia contente. Com tudo. Só chorava quando alguma coisa te tocava diretamente. Como sou a mais velha, acho que tive consciência das coisas antes de você.
— Que coisas?

— As coisas que mamãe dizia ou fazia. Ela nunca foi como as outras mães. Quando ia me buscar na escola, sempre ficava sozinha. As outras mães, os outros pais formavam grupos e conversavam muito. Ela, nunca. Quando alguém dirigia a palavra a ela, mamãe olhava para baixo, então escapava. Foi assim ao longo dos anos... Outras vezes, ficava um tempão sentada sem fazer nada. Deixava de lado o serviço de casa por dias. Era eu quem tinha que cuidar de você.

Minha irmã ficou em silêncio. Eu ignorava aquilo tudo. Ela nunca tinha me contado. Então seguiu contando o que eu já sabia — a cada fuga da mamãe, Melodie me diz a mesma coisa:

— Ela teve que passar um tempo numa clínica. Não me lembro por quê. Vai ver ninguém me disse. Você só tinha seis anos, e a gente ficou com uma tia que chegou em casa depois de uma longa viagem de trem. Não sei de onde ela vinha, mas gostava de repetir que tinha feito aquele interminável trajeto por nossa causa. Era irmã do papai. Mamãe e papai já tinham se afastado da família dele. Essa tia mal nos conhecia. Veio contrariada, forçada, acho, e não era muito afetiva. Chegava a ser assustador viver com ela aqui. A mulher olhava as fotos do papai como se ele pertencesse apenas a ela. E eu não gostava das histórias que ela contava sobre ele. Ela achava que estava me agradando, mas falava de outra pessoa.

Nós duas viramos a cabeça, mecanicamente, na direção das fotos. Então Melodie falou:

— Não podemos voltar a essa situação.

— Eu sei.

— A clínica, um estranho dentro de casa, ou pior, decidirem que a gente tem que morar em outro lugar... Isso nunca mais pode acontecer!

— Nunca mais...

No entanto, milhões de questões passavam pela minha cabeça. Mais do que das outras vezes. Talvez porque eu tivesse acreditado que as fugas não voltariam a acontecer.

— Mas... você acha que vai recomeçar? Que mamãe não está bem outra vez?

— Não!

A resposta da Melodie foi quase violenta. Ela continuou, mais calma:

— Não. Mamãe está bem melhor. Ainda tem algumas ausências, mas é cada vez mais raro. Ela só precisa tomar um ar de vez em quando, como esta noite... Temos que deixar que faça isso. Aceitar. Não falar a respeito com ninguém. Tudo sempre volta a ficar em ordem. Você sabe bem. Logo iremos ao museu, nós três, e vamos rir de tudo isso.

Balancei a cabeça.

Ficava feliz por minha irmã estar no controle das coisas. Feliz por saber que tinha cuidado de mim quando pequena. Eu podia contar com ela. Melodie era digna de confiança. E tínhamos um segredo em comum.

Encostei a cabeça no seu ombro. Dormi um pouquinho antes de vir aqui escrever para você.

Sua Kitty

Segunda-feira, 5 de março, madrugada.

Querida Anne,

.... Papai era

bonito ....

Sua kitty

Segunda-feira, 5 de março.

Querida Anne,

Você provavelmente sonhava em fugir quando via o céu pela janela. Sonhava em finalmente correr. Tragar o ar. Mexer o corpo. Viver.

Você fugia de outra maneira. Com a ajuda das palavras, você fugia.

Você vivia.

As palavras são vida.

Não importava o que lhe acontecesse, você escrevia, mesmo que mentalmente.

Escrever é tricotar com as linhas do pensamento: formas, cores, fios, sensações, ideias abstratas. Organizá-las e então cobri-las com um manto delicado. Ou, ao contrário, retalhá-las com um sabre.

Nunca vi mamãe escrever. Sem incluir cartas formais, claro.

Prezado senhor,
Gostaria de solicitar...
Prezada senhora,
Venho requerer...
Queira concordar...
Atenciosamente...

Palavras vazias.

Nunca vi mamãe escrever palavras plenas. Ela não tem ninguém a quem mandar cartas nem cartões-postais. Não surpreende que fuja com suas pernas ou sua cabeça, já que não foge com as palavras.

Por aqui os campos de concentração não existem mais. Nosso país vive em uma relativa paz. Digo relativa porque vejo muita gente vivendo nas ruas. Pessoas sentadas no chão, que não têm o que comer.

Mamãe sempre lhes dá alguma coisa. Às vezes ela diz, sorrindo:

— Meus bolsos estão furados!

Assim ela tenta explicar porque nunca tem moedas quando chega em casa.

Não nos faz falta.

Quando papai morreu, o valor do seguro foi suficiente para quitar o apartamento. Não precisamos pagar aluguel. Como nunca viajamos nas férias — mamãe detesta viajar — e não temos grandes necessidades, as coisas funcionam.

Apesar de toda essa paz, dessa ausência de grandes preocupações, a necessidade de fuga persiste.

Ouvimos a porta se abrir por volta das sete da manhã. A primeira coisa que Melodie murmurou, com a voz rouca de sono, foi:

— Ela está de brincadeira. A essa hora, todo mundo a viu!

Levantamos com dificuldade e fomos cambaleando até a sala. Mamãe estava lá, como das outras vezes.

Como Melodie, algumas horas antes.

Diante da porta, em pé, imóvel, curvada sob uma chuva invisível. Como das outras vezes, eu me adiantei e peguei sua mão.

Ela parecia exausta.

Sua Kitty

Terça-feira, 6 de março.

Querida Anne,

Como das outras vezes, minha mãe não conseguiu falar sobre a fuga.

Não conseguiu ou não quis, não sei. Eu a levei até a cama e ela se deitou calmamente. Melodie tirou seus sapatos e os colocou sobre o tapete. Então a deixamos ali, sem tirar seu casaco, e saímos em silêncio. Mamãe dormia.

— A gente deve ir pra escola normalmente — disse Melodie quando chegamos à sala.

— Mas eu estou acabada!

— Lamento, Cleo, mas não devemos deixar transparecer nenhum indício do que aconteceu essa noite. Você sabe. Como das outras vezes.

— Você fala como se ela tivesse cometido um crime, ou algo do gênero!

— Vai saber... — Sua voz estava abafada. — Preciso ligar para o trabalho da mamãe, pra dizer que ela está doente — acrescentou.

— Deixa comigo. Posso passar lá. Fica no caminho da escola, e hoje a aula começa só às dez. Tenho tempo suficiente.

Melodie hesitou um instante, então seus ombros se curvaram, acho que sob o efeito do cansaço e do estresse.

— Tá.

Ela contornou a mesinha, passou várias vezes a mão nos cabelos compridos e disse:

— Vou tomar um banho.

Passei na escola onde mamãe trabalha. Eles me conhecem, porque sempre venho ver as crianças ou brincar com elas. Elas são demais. As crianças nunca nos desapontam. Fico imaginando o que pode fazer alguém virar um assassino ou um tirano. Penso nisso porque todas as crianças são adoráveis aos três ou quatro anos. Com um trabalho tão legal, não entendo por que minha mãe tem tanta necessidade de ir embora.

O portão estava fechado, pois o horário de entrada já havia passado. Toquei a campainha. Foi Arlete, a professora responsável que veio atender. Gosto bastante dela. Tem um rosto bom, redondo e cheio de rugas. Seus olhos sempre brilham.

— Sua mãe não veio. O que houve? — ela me perguntou-me, em vez de me cumprimentar.

Então me dei conta de que eu não estava sorrindo com minha habitual espontaneidade. Tentei me recuperar, disfarçando.

— Tá tudo bem. Mamãe tá doente... Gripe...

Eu quase disse tifo.

Arlete franziu a testa.

— Tem certeza de que está tudo bem, querida?

— Sim! O problema é que ela tá com febre. Mas não é nada sério. Logo vai melhorar e voltar ao trabalho... Não sei, talvez amanhã.

— Se é gripe, certamente ela ainda não vai estar recuperada amanhã. E vamos precisar de um atestado médico dizendo quantos dias deve ficar afastada. Vou avisar a direção, para que mandem uma substituta, ou não vamos dar conta. — E acrescentou, como que para si mesma: — Por certo a diretora não vai ficar muito contente.

Intuí que teríamos um problema. Seria preciso envolver algum médico nessa história. Eu me despedi da Arlete com uma sensação ruim. E com uma estranha sensação de injustiça, que não entendia bem.

Hoje tive bastante dificuldade em prestar atenção nos professores. Eram apenas sombras, e suas palavras soavam confusas. Os outros alunos pareciam fantasmas. Quando por acaso falavam comigo, eu me sentia mal.

Depois das aulas, Berenice me chamou, meio reticente, para ir à biblioteca. Ela estava com um menino que eu não conhecia bem, e os dois riam à toa enquanto conversavam comigo. Provavelmente Berenice já havia saído com ele, ou sairia em breve.

— Ela é sua amiga? — perguntou ele.

Quase cuspi no cara. Tal reação tem tão pouco a ver comigo que fiquei meio assustada. Eu disse que tinha algo a fazer e saí da escola. Vaguei por um momento pelo jardinzinho ao lado do prédio.

Eu andava e esperava. Esperava que alguém viesse falar comigo, que me pegasse pelo braço. No entanto, ninguém veio. Não vi Melodie, que sempre está nesse jardim com as amigas. Não nos falamos muito na escola, cada uma tem sua bolha, mas de vez em quando sentamos juntas para conversar. Eu teria gostado disso hoje. Dimitri passou com os amigos não muito longe. Eu estava com a vista meio embaçada, de tanto cansaço, não sei se ele me viu. Desejei com toda a força da minha mente e do meu coração que ele viesse para perto de mim. Que andasse a meu lado. Nada além disso. Apenas isso. Mas ele não veio, então chorei em silêncio.

Ninguém veio.

Queria tanto conhecer o amor...

Mas como fazer para que ele chegue até a gente?

Talvez eu não deva mais esperar. Não dessa maneira.

Sua Kitty

Quarta-feira, 7 de março.

Querida Anne,

Não tenho o direito de me queixar.

Você reclamava tão pouco...

Às vezes, tenho até vergonha de estar viva enquanto você está morta. Será que tenho o direito de amar?

Também me envergonho de pertencer à mesma humanidade que aqueles que a mataram.

Penso de vez em quando que mamãe sente coisas parecidas em relação ao papai. Talvez ela se sinta culpada de viver sem ele. Ou tenha vergonha de continuar aqui e ele não. Quem sabe seja um sentimento que se torne tão insuportável, quem sabe ela tenha tanta vergonha de ser humana, que acabe sentindo necessidade de ir embora daqui, desse lugar onde viveu com o papai. Talvez nós, Melodie e eu, sejamos insuportáveis para ela, ainda que tentemos nos fazer tão pequenas.

Algumas vezes, preciso fugir mentalmente. Outras, sinto necessidade de ir até o fundo dos meus sentimentos, mesmo os mais violentos, os mais difíceis. Mas faço isso com alguma ajuda: uma obra de arte, um filme, um livro, uma música. Fico aliviada quando encontro algo muito maior que eu, que pode me abranger. Só então posso transformar meus sentimentos em outra coisa, normalmente nos textos que escrevo. Acho que os sentimentos nunca se perdem.

Na última aula de ciências, o professor disse:

— Prestem atenção! Nada se perde, nada se cria, tudo se transforma.

Ele falava de energia. Acredito que os sentimentos são uma forma de energia. São fluxos que habitam o mundo, que são transmitidos, que nos atravessam, que transformamos constantemente antes de liberá-los.

Quando voltei da escola, Melodie estava em casa. Ela e mamãe tomavam chá, sentadas à mesa da sala. Não temos uma cozinha propriamente dita. Só um cantinho na sala, separado do resto por uma bancada. Mamãe tinha a expressão ausente e tranquila. Eu lhe dei um beijo. Ela acariciou meu braço e, com uma voz infantil, disse:

— Você está bem, querida?

Fiz que sim com cabeça, mas ainda tinha vontade de chorar.

Fiz um sinal para que Melodie viesse comigo ao quarto. Quando entrei, senti como se tivessem cravado uma flecha no meu peito.

— Cadê as fotos do papai?

— Eu guardei.

Melodie tocou o topo da cômoda. Vazio.

— Não fui à escola hoje.

— Desconfiei — respondi, seca. — Ainda bem que precisávamos agir como sempre, para não levantar suspeitas!

— Não queria deixar a mamãe sozinha. Ela acordou enquanto eu tomava café. Você já tinha ido, e ela veio até o quarto, sem dizer nada. Depois de um tempo, me perguntei o que ela estava fazendo. Vim ver. Ela estava sentada na minha cama, olhando as fotos.

Um silêncio se instalou como um tecido muito fino sobre a imagem da mamãe absorta.

— Então eu escondi as fotos — murmurou Melodie docemente. — Ela precisa seguir adiante.

— Achei que ela já tivesse superado há muito tempo!

— Eu também, Cleo. Mas temos que considerar as evidências: mamãe já trouxe alguém pra casa? Nunca. Tenho certeza de que ela nunca teve um namorado depois do papai. E agora não sei o que aconteceu… talvez a gente nunca saiba… a mamãe é tão calada, mas alguma coisa aconteceu. Ela teve uma recaída. Não foi como das outras vezes. Ela tá demorando mais pra voltar à superfície. Precisamos puxar nossa mãe de volta.

— Não somos fortes o bastante.

Tive vergonha de dizer isso. Estou cansada desse sentimento de vergonha.

— Precisamos ser, Cleo. Senão, vamos acabar nos separando.

Contei-lhe do atestado. Obviamente, ela não queria que chamássemos um médico. Procurou nas coisas da mamãe e encontrou um antigo atestado. Quatro dias, era perfeito. Melodie apagou a data com o corretor e a substituiu pela de hoje.

— Vou fazer uma cópia na escola. Vai parecer só uma mancha.

Seu sangue-frio me surpreendeu.

Foi ela também quem preparou o jantar. Mamãe permaneceu deitada no sofá. Ela observava Melodie.

— Obrigada, querida. Você é tão gentil…

Sua voz veio de tão longe que senti um líquido gelado escorrendo pelo meu peito.

Sua Kitty

Terça-feira, 20 de março.

Querida Anne,

Melodie tinha razão. Mamãe foi retornando pouco a pouco.

Para começar, ela teve que voltar ao trabalho depois dos quatro dias que nós mesmas havíamos "prescrito" para ela. Era como se mamãe caminhasse em uma corda bamba. No primeiro dia, eu a acompanhei para ter certeza de que tudo ficaria bem. No caminho, ela disse:

— Cleo, você tem que se apressar, senão vai se atrasar para a aula.

— Tranquilo, mãe. Tenho que passar por ali de qualquer jeito.

Chegamos ao mesmo tempo que Arlete. As duas trocaram algumas palavras. Antes de eu ir embora, a professora responsável me olhou de um jeito diferente. Eu lhe devolvi um olhar diferente também. Ela sorriu para mim com leveza, como se dissesse que compreendia o que era preciso compreender. Então pôs a mão no ombro da minha mãe, e as duas sumiram pelo corredor ainda vazio de crianças. Eu me senti mais tranquila.

Alguns dias depois, mamãe retomou a criação dos mosaicos espelhados. Então voltou a cozinhar. Ainda bem, porque eu não aguentava mais comer as poucas coisas que Melodie e eu sabemos fazer.

Um primeiro sorriso iluminou o rosto da mamãe quando um passarinho pousou na beirada da janela.

Uma primeira risada nos encheu de alegria quando percebemos que Melodie tinha calçado uma meia diferente em cada pé, uma vermelha e uma azul. E já estava na hora de ir para a escola. Minha irmã ficou tão contente com essa risada que gritou:

— Que se dane, vou assim mesmo!

Ao longo dos dias, os cacos de espelho da mamãe foram se tornando mais claros e luminosos. Com a mesma delicadeza que tem uma natureza-morta holandesa. Mamãe gosta desse gênero de pintura, e tem duas reproduções no seu quarto. Em inglês, não se diz "natureza-morta", e sim *still life*, que pode ser traduzido como "vida tranquila", "vida inativa", ou ainda "vida imóvel". Acho bem mais adequado. Nada parece morto nessas telas. Como se diz isso em holandês? Você sabia, Anne.

Antes da piscina, eu me sentei à escrivaninha, diante do computador, e peguei uma folha de papel. Recortei um quadrado de dez centímetros. Digitei "besouro" na busca de imagens. Escolhi o desenho mais simples e comecei a copiá-lo. Fiquei um tempão contemplando meu desenho, que preenchia meu interior.

Por sorte, hoje Dimitri estava lá, na água. Eu sorri, ele sorriu.

Reconheci sua mochila. Com o coração batendo forte, coloquei nela meu besouro, que eu tinha escondido na toalha dobrada.

Sua Kitty

Quarta-feira, 21 de março.

Querida Anne,

seguir o movimento das ondas seguir o movimento das movimento das movimento das ondas seguir o movimento das das ondas seguir o movi ondas seguir o movimento das ondas seguir o movimento das

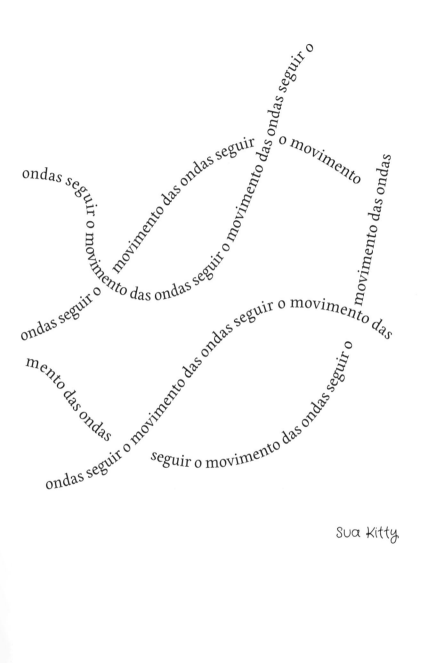

sua Kitty

Quinta-feira, 22 de março.

Querida Anne,

Em alguns momentos, sinto vergonha daquele gesto estúpido, infantil, de ter colocado o desenho do besouro na mochila do Dimitri. Tomara que ele nunca o encontre! Ou que não se lembre daquele episódio da nossa infância. Assim ele não vai poder adivinhar que fui quem fez. Ele não deve mesmo se lembrar. E aí está minha estupidez: na presunção de pensar que ele possa recordar-se de um detalhe desses.

Em outros momentos, entretanto, sinto orgulho de mim mesma.

Não sei o que anda acontecendo comigo ultimamente. Faço coisas que não são do meu estilo. Tenho impulsos que não controlo.

Ou vai ver que estou escutando mais as ondas que se movem em mim.

Como ontem, na casa da Berenice.

Ela me recebeu com um sorriso que eu conheço bem: o de seus jogos de regras imprevistas. Fechou a porta do quarto cuidadosamente e então cochichou, para que seus pais não ouvissem:

— Cleo, olha só o que eu peguei no armário da minha mãe.

Berenice tirou da gaveta da escrivaninha um tecido sedoso, que ela desdobrou diante de si.

— É uma camisola. Acho que a mamãe não usa isso pra dormir, porque de manhã tá sempre com seus pijamas velhos, largos e feios!

E deu uma risada estranhamente forçada.

Eu esperei para ver aonde queria chegar. Então um brilho iluminou os olhos dela.

— Anda, veste!

Não respondi nada. Achei a peça bonita, de um preto oscilante. Tive vontade de sentir o tecido deslizar sobre minha pele, mas não na frente da Berenice.

— Vai, não seja tonta, é só pra gente se divertir — insistiu ela. — Só pra quebrar o marasmo.

Ela se aproximou e começou a desabotoar minha blusa.

— Pode deixar! — protestei. — Eu mesma visto.

Berenice sentou-se na cama e ficou me vendo tirar toda a roupa, menos a calcinha.

— Tá em forma, hein? — disse ela. — Anda, veste.

O tecido era fresco. Tomou a forma do meu corpo. Berenice assobiou e abriu a porta do armário, onde havia um espelho grande. Eu me olhei.

Era eu e não era eu. Mas estava bonita. Sem dúvida. Percebi que Berenice se contraiu. Ela estava desagradavelmente surpresa. Achava que ia me ridicularizar. Era esse o "jogo". Tinha certeza de que eu ia parecer uma palhaça. Só que eu estava radiante.

— Aposto que você não tem coragem de sair assim — provocou ela.

— Ah, não tenho mesmo!

Eu me inclinei para pegar a roupa. Ela me segurou pelo braço.

— Vamos, vai ser engraçado. Eu te desafio.

— Você é louca! Primeiro, tá frio. Depois, algum policial ia me parar antes de eu andar três metros.

— Ou vai que você encontra no caminho alguém pra transar. Seria uma boa pra você!

Ela ria. Não me movi. Normalmente a deixo lançar suas maldades sobre mim. Eu a perdoo, em geral. Sempre acho que tem alguma boa razão para dizer o que diz. Uma razão só sua, que não me diz respeito. Sempre acho que existe alguma coisa obscura na Berenice, que a atrai para as trevas, ou algo assim. Não sei o que é, mas ela deve precisar de mim para afastá-la. Senão, por que diria que é minha amiga? Sim, Berenice precisa de mim para não ficar no escuro. Mas dessa vez eu queria saber mais e perguntei:

— Por que você diz isso?

— Por nada! Estou só brincando.

E começou a rir, virando-se de costas para mim. Ria como se houvesse ali, no quarto, um público para rir com ela.

Ria como da última vez, com Johan e os outros. Então eu soube que ela havia mentido. Que tinha sido ela que havia contado a história dos pássaros, que havia incentivado os outros a me zoar. E eles tinham entrado no jogo. Berenice sabe muito bem fazer os outros entrarem no seu jogo, seguindo as regras que determina. Ela tem esse poder. De repente, tudo ficou bem claro.

Dessa vez não havia mais ninguém, só Berenice e eu. E sua risada sem justificativa me pareceu imperdoável, violenta. Absurda.

O mais estranho é que eu pensei no besouro. Sim, pensei nele naquele momento. Então vesti o *jeans* e a blusa por cima da camisola. Coloquei o casaco e enfiei o sutiã no bolso. Sem dizer uma palavra, abri a porta diante de uma Berenice pasma. Sua mãe estava na sala, passando roupa. Pela primeira vez notei como sua expressão era melancólica.

Eu me dei conta ali, naquele momento, de que na casa da Berenice nunca se ouve uma gargalhada, como na minha. Nunca há música. Não há nada além do silêncio. Eu me virei por um breve instante. Olhei aquela que poderia ter continuado a ser minha amiga se não tivesse escolhido ignorar quem eu era de verdade. Talvez eu também não saiba quem ela é. Não sei se soube algum dia. Mas o que eu sempre soube é que a mais solitária das duas não era quem todos acreditavam ser.

— Tchau — eu disse à mãe dela.

— Tchau, Cleo.

Atrás de mim, Berenice não ousava me pedir que devolvesse a camisola. Ela estava de boca aberta.

— Espera...

Senti uma última pontinha de amizade, mas talvez fosse outra coisa.

Então meu olhar encontrou o dela.

E saí daquela casa, sabendo que nunca mais colocaria os pés ali.

Sua Kitty

Abril

Terça-feira, 3 de abril.

Querida Anne,

Você morreu em Bergen-Belsen.

Dois meses antes da liberação do campo. Esse período, dois meses, parece insignificante em comparação com os dois anos que ficou escondida, mas principalmente diante de todo o tempo que você vivenciou o horror.

O tempo não quer dizer nada.

O que você passou no campo de concentração pareceu uma eternidade.

Esses dois meses parecem tão curtos...

Mais uma vez não pude deixar de pesquisar. Preciso ir sempre a fundo nas coisas, na esperança de compreendê-las melhor. Mas no seu caso, Anne, não consigo compreender o que aconteceu. Descobri que Bergen-Belsen era um campo de concentração situado entre Hamburgo e Hanôver, no norte da Alemanha. Nele ficavam presas as pessoas que "incomodavam" os nazistas. Não posso entender como você podia incomodar quem quer que fosse, Anne... Não, não entendo.

Aprofundei minha pesquisa. Esperava encontrar uma pista, uma chave. Quanto mais eu aprendia, menos compreendia. Existiam os campos de extermínio, cujo objetivo era matar, metodicamente, todos os que eram levados para lá. Câmaras de gás funcionavam sem parar. No entanto, nos campos de concentração, uma quantidade enorme de pessoas também acabava morrendo, por causa de privações, maus-tratos, desespero. Era outra maneira de matar.

Tenho dificuldade em pensar nisso tudo.

Mergulho em uma perturbação profunda.

Vejo as fotos de cadáveres nos corredores dos campos, nas fossas comuns. Pilhas. Por causa da epidemia de tifo, o campo de Bergen-Belsen teve que ser destruído com lança-chamas. Essas fotos carregam um clamor silencioso do mundo ao nosso redor.

Pessoas quiseram exterminar outras pessoas. E fizeram isso.

Apesar das folhas dos castanheiros e da grama sob os arames farpados verdejantes, elas fizeram isso. Na internet, procurei e encontrei. Em vários lugares, como Tibete, China, Camboja, Sudão, Congo, Palestina, antiga Iugoslávia, Coreia, Guatemala, Argélia, Vietnã, Indonésia, Líbano, Síria, Índia, Iraque, Azerbaijão, México, Austrália, Colômbia, Nigéria, Arábia Saudita, Ossétia do Sul, e certamente isso não foi tudo; outros massacres humanos aconteceram.

Houve muitos outros ainda, em várias partes do planeta. Isso significa que não se aprende com a história. As pessoas se matam sem parar.

Neste momento, em algum lugar.

Depois, ainda não sabemos onde.

Um dia, vai saber se em meu país alguém não decidirá que a cor de minha pele, ou dos meus cabelos, ou dos meus olhos não é aceitável? Ou, então, meu modo de falar? Meu modo de pensar? De escrever? Ou, quem sabe, poderão condenar o que eu leio. Aquilo no que acredito. Ou no que não acredito. Meu comportamento. Meu nome. Meu sobrenome. A quantidade de dentes que tenho. A posição de cada um. A distância entre meus olhos, entre meu nariz e minha boca, entre uma orelha e outra. Minha altura. Meu peso. Quem eu amei. Quem eu amo. Quem não devo mais amar. Onde vivi. O conteúdo da minha lata de lixo. Os *sites* que visitei. O que eu possuo. O que não possuo. O local onde nasci. A data. A estação do ano. O horário. Minhas digitais. Meus dedos dos pés. Meu DNA...

Isso pode acontecer. Mesmo que as flores da minha mãe continuem a crescer, a vicejar, isso pode ocorrer aqui. A única coisa que posso fazer é não ficar entre os que decidirão ou entre os que aceitarão.

Também preciso ampliar meu olhar. Ver as coisas similares que acontecem perto de mim. É mais fácil discernir as injustiças humanas do passado, porque elas já foram condenadas. Mas é no presente que precisamos de coragem para rejeitar o que acontece.

Eu percebo as coisas, vejo o que é anormal neste mundo. Mas ainda não sei o que fazer. Ou se sou capaz de fazer algo.

Escrever é minha única arma.

E também minha única defesa.

Sua Kitty

Domingo, 8 de abril.

Querida Anne,

Mamãe afinal cumpriu sua promessa de nos levar àquele museu novo.

Nos museus, sempre me sinto como se estivesse fora de mim. Com tanta coisa interessante ao redor, fico sem saber para onde me virar. Costumo me chocar contra as paredes ou as pessoas, entro em lugares errados. E ouço: "Você não pode ir por aí".

Esse museu é bem grande, e o acervo é demais. Há obras-primas de todas as épocas e de muitos países. Mamãe e Melodie paravam metodicamente diante de cada pintura, mas eram tantas! Como nem todas acho interessantes, preferi ficar passeando pelas salas.

Sempre fico intrigada com esses homens e mulheres que vigiam as salas dos museus. Passam horas diante das pinturas, por exemplo, dando informações ou nos deixando passar e admirar. Em geral, não olham mais para as obras-primas penduradas nas paredes. Devem conhecê-las de cor.

Mas dessa vez havia um desses vigias, uniformizado de cinza, parado diante de um quadro. Ele, que agora sei seu nome, Jacinte, despertou minha atenção. Estava em uma sala dedicada exclusivamente a obras de Picasso, emprestadas de diferentes museus ou de coleções particulares.

Jacinte estava absorto diante da tela *A mulher que chora*. A pintura representa uma mulher que Pablo Picasso amou, Dora Maar. Ela era pintora e fotógrafa.

Será que foi do vigia ou do quadro que eu gostei? Acho que foi a combinação dos dois, um diante do outro. Da luz que irradiava de um para o outro.

É curioso ouvir agora, à noite, a voz dele na sala aqui de casa, e escutar o pequeno Antoine falar com mamãe. Já, já vou me juntar a eles, é claro. Escrevo estas linhas apenas para registrar minha alegria de ter reconhecido alguém que não tinha visto antes. Como reconheci Dimitri, quando eu era pequena.

Isso porque, quando vi Jacinte no museu, pensei: "Esse não posso deixar passar".

Levei mamãe quase à força para a frente do retrato de Dora Maar. Então, mal se olharam, os dois começaram a conversar. Parecia a coisa mais natural do mundo. Melodie arregalou os olhos horrorizada quando mamãe convidou aquele homem para vir em casa hoje à noite. Ele disse que viria com seu filhinho. Ela disse:

— Ótimo.

É isso que acontece quando escuto as ondas que se movem em mim.

sua Kitty

Segunda-feira, 9 de abril.

Querida Anne,

Sonho que uma noite ainda vou encontrar na minha bolsa o desenho do besouro, então colorido cuidadosamente. Ele seria dourado como quando éramos crianças na praia. Dimitri teria encontrado as cores das nossas lembranças e do nosso amor, tanto passado como futuro.

Mas já faz três semanas e até agora nada.

Não consegui captar nenhum olhar dele nos corredores da escola.

Outra menina teria deixado seu número de celular. Teria sido mais rápida do que eu. Só que a espera seria mais angustiante.

Ah, não me julgue, Anne, sou mais tímida do que você! Tenho certeza de que teria se virado bem melhor que eu...

Os olhos da Berenice revelam desprezo. Sempre que passa perto de mim, ela sussurra "Ladra". É difícil, mas tento não me deixar atingir. Também é difícil porque, como sempre, ela conseguiu juntar outras pessoas a seu redor. Agora, anda com uma verdadeira corte. Os amigos de Johan. E outros. Eles a seguem e riem com ela. Como Berenice faz? Para mim não é fácil. Pouca gente conversa comigo. Eu me sinto sozinha. Mas não vou devolver a camisola. É minha pilhagem. Como se eu fosse uma pirata.

Ontem à noite, Jacinte e mamãe conversaram ainda por um bom tempo. Antoine, garotinho de rosto cheio e olhos castanhos profundos, dormiu no sofá. Tenho a impressão de que esses dois solitários contaram um para o outro suas histórias de vida com duas frases cada um. Depois falaram de outras coisas, mais leves e alegres.

Jacinte demonstrou interesse pelos mosaicos da mamãe. Ele pegou um que estava na mesinha, recém-acabado, e o segurou diante de si. Tentou encontrar seu reflexo, então deu uma risadinha.

— Parece Picasso — disse ele.

De repente entendi por que aquele vigia absorvido por *A mulher que chora* imediatamente me pareceu feito para minha mãe. Esbocei um sorriso e procurei a reação no rosto da Melodie. No entanto, ela já não estava lá. Fui encontrá-la no quarto colocando as fotos do papai de volta na cômoda.

— O que você tá fazendo? — perguntei.

— Por que esse cara tá aqui? — retrucou ela. — O que ele tem a ver com mamãe? Faz anos que nenhum homem põe os pés nesta casa, e de repente ela traz um de quem a gente não sabe nada, que conheceu esta tarde. E ainda com o filho.

Não respondi. Fiquei observando minha irmã recolocar cada foto cuidadosamente, apesar da raiva.

Ela arrumava os porta-retratos e os deslocava um pouco, procurando a posição mais adequada. Às vezes um caía virado contra o móvel. Com toda a calma, ela o levantava.

— Você notou como ela estava sorrindo? — arrisquei dizer.

Mas era outro o sorriso que lhe interessava. O da foto em que ela mesma, Melodie, encara nosso pai avidamente. Ela devia ter uns três anos. Faz uma eternidade. Apesar da prova fotográfica, aquilo realmente teria acontecido?

Sua Kitty

Terça-feira, 10 de abril.

Querida Anne,

A voz da mamãe saiu suave, mas alta, quando ela falou:

— Cleo, a mãe da Berenice me telefonou.

Raramente ela levanta a voz. Eu estava estudando história.

— Ela disse que você roubou uma peça de roupa.

Não consegui evitar um ruído de desprezo. E eu que tive Berenice na mais alta conta...

— Mãe — respondi. — Não foi um roubo. Peguei porque... eu tinha que pegar. Eu a merecia.

É óbvio que minha mãe não entendeu bem. Mas gosto da confiança que ela tem em mim. Pediu que eu lhe mostrasse a peça. Tirei da gaveta o tecido sedoso.

— Uma camisola! — minha mãe exclamou. — Cleo, minha filha...

— Ela é minha. Foi feita pra mim.

Mamãe me olhou longamente.

— Ela é da mãe da Berenice. E deve custar caro. Eu te dou uma, se quiser.

— Não. Tenho o direito de ficar com esta. Eu sei, mãe. Garanto que tenho o direito.

Eu não tinha vontade de lhe explicar tudo. Porém, através do meu olhar e de todo o meu corpo, tentei dar legitimidade a meu gesto.

— Tem algo nessa história que eu não entendo — murmurou ela, mas sei que você não tem o hábito de roubar, não é mesmo?

— Juro que não tenho. Foi a primeira vez. E não foi um roubo.

— Então o que eu digo à mãe da Berenice?

— Que a filha dela é uma mentirosa.

Minha mãe ficou perplexa por um breve instante, depois dirigiu o olhar para a cômoda cheia de fotos. Seu semblante ficou turvo, e ela saiu do quarto.

A camisola era minha.

Jacinte nos convidou para jantar na sua casa esta noite, mas Melodie recusou.

— É um amigo — disse mamãe.

— Só um amigo? — perguntou Melodie.

— Só um amigo.

Porém isso não alterou em nada sua recusa obstinada. Não entendo por que Melodie não compartilha da minha alegria ao ver mamãe feliz.

Se você tivesse sobrevivido, Anne, tenho certeza de que desfrutaria cada segundo de felicidade como um elixir precioso. Não é assim que devemos sempre levar a vida?

Sua Kitty

Sexta-feira, 13 de abril.

Querida Anne,

Cheguei da escola ontem à tarde em um horário em que Melodie costuma estar em casa, só que não a encontrei em parte alguma. Às vezes eu me inquieto com pouca coisa. Não esperei muito para pegar o celular e ligar para ela.

— Tá tudo bem — minha irmã respondeu. — Estou no terraço...

Fiquei surpresa. Às vezes subimos lá, geralmente no verão, para tomar sol, mas não fazemos isso com frequência, porque não temos certeza de que é permitido. Não é propriamente um terraço, apenas a laje do prédio. A gente sobe até lá por uma escada dobrável que há no último andar. O alçapão se abre facilmente ao destravar o trinco. Vesti meu casaco e fui me juntar à Melodie. Ela estava sentada, enrolada em uma manta, olhando o pôr do sol sobre os telhados da cidade. Eu me sentei a seu lado. Ela me estendeu uma ponta da manta, que passei sobre os ombros. Em silêncio, ficamos na companhia de antenas, chaminés, telhas, nuvens, pássaros e gatos que passavam. Todos tingidos de um tom ocre.

Sua Kitty

Sábado, 14 de abril.

Querida Anne,

Melodie não quis ir, mas eu estava com vontade, então fui com mamãe, Jacinte e Antoine comer em um *fast-food* perto de casa.

— *Fast-food*! — zombou minha irmã. — Nada a ver. Ainda mais naquele lugar nojento! Além disso, estou cheia de coisa pra fazer.

Mamãe deu de ombros, e saímos contentes.

Eu nunca a tinha visto tão radiante. Ela ria de um jeito diferente. Não como fazia com a gente, suas filhas. Mamãe mostrou outra faceta de si mesma. Fico pensando se vou descobrir outro riso com Dimitri ou mesmo outras expressões.

Estou conhecendo Jacinte e seu filho, Antoine, e começando a gostar muito deles. São bem divertidos. A seu lado, tudo parece alegre. Tenho certeza de que você gostaria muito deles, Anne! Rimos muito no *fast-food*, fazendo palhaçada com os canudos, como naqueles comerciais bobos. Às vezes faz bem imitar a felicidade que se vê na tevê. Antoine pôs o guardanapo na cabeça, enfiou os canudos no nariz e fez uns ruídos engraçados. Foi bom ver mamãe rindo.

Em determinado momento, vi Jacinte segurar firme sua mão sob a mesa. Fui tomada por uma emoção estranha. Era alegria misturada com inveja. Eu também queria que alguém segurasse minha mão daquele modo.

Depois fomos passear. Visitamos as criptas de um mosteiro. Era um local escuro, ocre e reservado. Caminhamos silenciosamente entre as paredes de pedra grossas e antigas, entre túmulos subterrâneos, escondidos como nossos sentimentos. Estávamos unidos com se houvesse um laço invisível ao redor. Eu me sentia bem.

Já era noite quando Jacinte e Antoine nos acompanharam até em casa. Mamãe os convidou para jantar, e eles aceitaram.

Melodie, entretanto, não estava em casa. De repente, senti medo e corri para o último andar.

Ela estava em pé, na laje, bem na borda. A ponta dos seus sapatos tocava o vazio. Entre o concreto e o nada, entre o gato e o pássaro, eu tecia na mente uma rede para protegê-la. Apesar do reflexo de proteção imaginária, ao vê-la daquele jeito, senti um enjoo contra o qual precisei lutar. Melodie segurava um porta-retratos com uma foto do papai, aquela em que ela aparece com seu sorriso de três anos. Então me dei conta de que não conhecia seu sorriso de dezessete.

— Melodie...

Não houve resposta. Porém um grito soou atrás de mim. Minha mãe e Jacinte tinham me seguido.

Mamãe estava com a mão na boca. Ela começou a tremer tanto que caiu de joelhos. Jacinte se aproximou, mas tropeçou.

— Fica aí! — gritou Melodie.

Jacinte ficou imóvel. Avancei e perguntei muito docemente:

— O que você tá fazendo, Melodie?

— Você tá sempre alegre! — exclamou ela.

Foi como se eu levasse um tapa. Minha irmã continuou:

— Não importa o que aconteça, você nunca se deixa abater. Eu não sou tão forte.

Fiquei desconcertada.

— Você tá brincando? Sempre foi mais forte do que eu. É sempre você que toma as decisões, que sabe o que fazer e como.

— E, quando não posso fazer nada, como eu fico? Você se deixa levar, se adapta a tudo o que acontece. Parece que nunca sofre. Talvez você não tenha coração. Eu não sou assim. Eu sofro. Sofro demais!

Tive vontade de chorar. Quanta coisa eu não sabia! No entanto, o mais importante era minha irmã recuar um passo. Mamãe chorava silenciosamente. Eu queria dizer a ela: "Respira!". Só que havia algo mais urgente. Jacinte me olhava. Tudo o que ele podia esperar viria de mim.

Então algo ficou evidente. A mais forte de nós três era eu.

Era eu. Eu acreditava que minha hipersensibilidade me tornava frágil, mas é exatamente o contrário. Isso levava ao paradoxo de eu parecer insensível! Eu tinha tanta coisa para compreender, analisar, digerir. Mas, ali, precisava superar o choque e intervir.

O céu estava escuro. A estrela-d'alva estava bem visível através de um buraco nas nuvens. Melodie oscilava perigosamente. Quase gritei para ela parar de balançar os braços, mas um instinto me fez murmurar:

— Melodie, eu preciso de você.

O balanço parou. Ela me ouvia.

— Eu também sofro. Talvez não como você, mas sofro. Você não é a única.

Senti um peso sair de seus ombros. Quase temi que ela voasse de repente.

Pensei em você, Anne. Não, eu não sofro como Melodie. Não sofro pela falta do meu pai, e sim pela falta de todos os que faltam. De todos os que deveriam estar aqui. Pensei em você, Anne, no seu rosto enrugado. Você já estaria bem velha... Teria escrito vários romances e nos oferecido uma obra notável. É um sofrimento que parece amor, ou então é amor que parece sofrimento. Uma queimação que dá vontade tanto de morrer como de viver. As duas coisas estão estreitamente ligadas. Então elas não têm mais a importância que em geral lhes damos. E a vida subitamente adquire toda a sua força, e a dor se transforma em alegria.

Que alegria ver Melodie segurando minha mão e descendo da borda com cuidado! Um suspiro de alívio nos escapou. Lágrimas correram pelo seu rosto. Os dedos da sua outra mão estavam vermelhos por causa da força com que ela segurava o porta-retratos. Jacinte e mamãe nos observaram passar por eles em silêncio e sumir pelo alçapão.

Durante a noite, enquanto todo mundo dormia um sono profundo, em pleno baque emotivo, eu voltei à laje. Vestia apenas a camisola de um preto oscilante, que se confundia com a noite. O frio espetava minha pele, mas sem me atingir. Eu me sentia como as estrelas.

Sua Kitty

Segunda-feira, 30 de abril.

Querida Anne,

Eu não aguento mais esperar.

Nenhum sinal do besouro. Nem uma única batida de asas.

E, na piscina, nada do Dimitri.

Não aguento mais esperar porque amanhã completo quinze anos, um mês e dezenove dias. Terei a idade que você tinha quando escreveu sua última carta, Anne. Alguma coisa em mim vai terminar amanhã. Por muito tempo acreditei que seria eu por inteiro. Também pensei em voar com as estrelas e ocupar a mente da mamãe, tão aérea. Pensei ainda em dar um passo da beirada do telhado. Mas pensava nisso como um sonho, como uma fuga. Melodie foi além nessa arte da fuga, a ponto de não encontrar mais fuga possível. Não tínhamos percebido nada, nem mamãe nem eu. Mamãe menos ainda que eu. Justo ela, que sabe como fugir tão bem! Mas com Jacinte, que a mantém no chão, e depois do que Melodie fez, ela compreendeu — eu acho — que sua fuga não é impedimento para a dos outros. É o que se diz normalmente da liberdade. E nesse caso não deve ser diferente.

O que quer que seja, agora todo mundo presta muita atenção em Melodie. Mamãe mais do que os outros, e acho que era o que minha irmã almejava com seu gesto. Desde aquele dia, eu a vejo de modo diferente. O vínculo entre nós está mudando, tornando-se mais complexo, mas não menos forte. Talvez seja sobretudo a imagem que faço de mim mesma que mudou. E também minha maneira de ser com os outros. Preciso encontrar um meio de reconstruir outra cabana para nós duas para que nos reencontremos nela, como antes. E, ao mesmo tempo, de um jeito diferente de antes... mas que nos possibilite reencontrar, de vez em quando, nosso mundinho peculiar. Aquele em que a gente se refugiava tão facilmente, ela e eu. Deveríamos ser capazes de ver a realidade sob esse prisma alegre, sem nos afastarmos dela. Enfrentando-a.

Anne, não me culpe por eu querer passar da idade que você tinha quando morreu. Vou viver o que você não viveu. A injustiça, no seu caso, é abissal. Entretanto, saiba que você continua viva graças às suas palavras e, assim, viverá muito mais tempo do que eu. O que você realizou foi excepcional. Hoje, quero lhe agradecer. Você certamente fez de mim uma pessoa melhor do que eu teria sido se não tivesse lido seu diário. Eu seria uma pessoa sem memória. Sem o conhecimento de mim mesma por meio das suas palavras.

Eu não aguentava mais esperar, então fui atrás do Dimitri. Sim, fiz isso. Sou uma pirata, não disse?

Esperei o momento certo, hoje na escola. Por sorte, ele é solitário o bastante para não viver cercado de amigos. Eu o vi em um dos corredores, cheio de portas iguais, numeradas, de um azul metálico. Eu o segui, evitando os outros alunos, como se fossem algas se movendo em água límpida. Cada som me chegava abafado. Dimitri saiu do saguão; do lado de fora estava frio, mas o sol brilhava. Mais algas e peixes ao redor. Ele contornou a vidraça para se dirigir ao complexo esportivo. Jogou sua mochila contra a parede do ginásio, encostou-se nela, deixou-se escorregar e sentou-se na grama, com os punhos apoiados nos joelhos dobrados. Então me viu. Hesitei por um momento, mas, reunindo todas as minhas forças, me aproximei e, sem pedir licença, sentei-me ao lado dele. Meu casaco enganchou no estuque.

— Oi — cumprimentei.

— Oi.

Deixei passar um silêncio embaraçoso e perguntei:

— Faz um tempão que a gente não se fala, né?

— Verdade.

Dimitri sorriu. E seu sorriso fez meu coração derreter feito manteiga. Isso me deu coragem. Mas foi ele que retomou a conversa:

— O besouro, foi você?

Fiquei vermelha, claro. Ele devia me achar uma tonta. Com idade mental de dez anos. Bem, tínhamos mesmo dez anos quando éramos próximos... Balancei a cabeça, confirmando.

— Eu suspeitava. Mas confesso que... Enfim, não vejo o que...

— Você não se lembra?

Foi a vez de ele balançar a cabeça, mas fazendo que não. Uma decepção imensa me invadiu, da raiz dos cabelos até a ponta dos pés.

— É um desenho bem legal. Eu só não sabia o que fazer, como te responder.

Ele tinha ideia do que dizer. E eu fiquei morta de vergonha.

— O que eu lembro — continuou — é que a gente se gostava bastante quando tinha dez anos.

Virei o rosto para Dimitri, provavelmente revelando uma esperança tola. Ele logo acrescentou:

— O que não quer dizer que a gente ainda se goste do mesmo jeito. A gente mudou...

Não ousei lhe explicar que eu sabia reconhecer as pessoas. Reconheço os gestos, os olhares, a voz, as palavras, as moléculas que algumas delas fazem dançar a seu redor, criando uma paisagem na qual posso me alojar. Ele, eu o reconheci. Aos dez anos e também aos quinze. Apenas sorri.

— Você está sempre sorrindo — murmurou. — É bonito.

Então pegou minha mão, que estava apoiada na grama, e a segurou firme.

Sua Cleo

1. Trechos reproduzidos de: FRANK, Anne. *O diário de Anne Frank*. Edição integral autorizada por Otto H. Frank e Mirjam Pressler. Tradução de Ivanir Alves Calado. 24. ed. Rio de Janeiro: Record, 2017. p. 243, 328 e 358. [N.E.]

2. DURAS, Marguerite. *O verão de 80*. Tradução de Sieni Maria Campos. Rio de Janeiro: Record, 1986. p. 65. [N.E.]

Nota da autora

Todo este relato é uma ficção. Não é minha história, mas tem algo verdadeiro aqui: como Cleo, eu também me dirigia a Anne Frank no meu diário. Eu era mais nova do que a protagonista desta história quando comecei a fazer isso – ainda não tinha doze anos –, e nunca encontrei uma explicação convincente para essa escolha. Para mim, isso permanece um mistério. E há outro mistério que me intriga há muito tempo: parei de escrever no meu diário de repente, aos quinze anos, sem motivo aparente. A última data é 10 de fevereiro de 1989. Nesse dia, falo de tudo e de nada. Não deixo claro que seria a última vez que escreveria. Não sei se eu sabia disso. Tinha quinze anos, um mês e dezenove dias...

Imaginei o diário de Cleo para elucidar esses dois mistérios.

A escrita de *Nos estilhaços de espelho* foi uma espécie de investigação para mim, conduzida no domínio do sensível e do ficcional, salpicada de experiências e sentimentos reais.

Será que encontrei a solução desses dois mistérios? Em todo caso, inventei uma, e ela me parece bonita o bastante para acreditar nela.

Domingo, 23 de junho de 1985.

Querido diário,

18h50: Estou muito feliz por ter você. Gostaria que a gente se unisse em uma grande amizade, o que me permitiria dizer tudo com franqueza. Primeiro, vou contar tudo de mim:

Eu me chamo Florence Hinckel, vou completar doze anos no dia 13 de dezembro, porque nasci em 1973, moro em Istres, em uma vila que pertence a um lugarejo chamado Chantebois, na França. Estou no sexto ano, vou passar para o sétimo, sou uma boa aluna. Toda a minha família é muito gentil. Tenho uma irmã mais velha que vai fazer dezessete anos em 14 de dezembro, um irmão mais velho que vai fazer catorze anos em 13 de setembro e uma irmã mais nova que vai fazer cinco anos em 11 de setembro. Minha irmã mais velha se chama Laure, está no primeiro ano do colegial* e vai passar para o segundo. Ela repetiu um ano. Meu irmão mais velho se chama Alain, está no sétimo e vai passar para o oitavo, e minha irmã mais nova vai passar para o último ano do maternal. Esqueci de dizer que o nome dela é Caroline. Você é meu segundo diário, terminei um que se chama Smurf. Estou lendo um livro emocionante: O diário de Anne Frank. *Estou adorando e sinto muito que essa menina tenha sido morta injustamente, só porque era judia. Você deve estar se perguntando por que eu contei isso, mas vai entender.*

Admiro essa menina que soube lutar durante a guerra de um jeito diferente dos soldados. Ela confiou seus segredos a um diário: Kitty. É por isso que eu queria dar a você o nome de Anne, de Anne Frank. E queria usar o apelido Kitty. Considero que Anne confiou seus segredos apenas a mim, e Kitty vai retribuir, vai lhe confiar todos os seus segredos. Além disso, adoro esse nome: Kitty. Então, querido diário, você vai ser feminino, vai se transformar em "Querida Anne". Não vou usar a despedida das cartas de Anne, pois nunca entendi por que ao final de cada data ela escrevia "Sua", então não vou repetir isso como se fosse um papagaio. Vou usar simplesmente a assinatura de Kitty. Você vai ouvir o nome Florence muito poucas vezes, mas não se esqueça de que é Florence com o nome de Kitty, e não, Anne, a amiga com quem você sempre sonhou e de quem talvez eu não seja a imagem exata. Mas ainda assim eu seria uma amiga. Gostaria que você também soubesse que o alemão foi minha primeira língua. Não vou lhe contar quem são meus professores e meus colegas de classe porque vou entrar em férias daqui a uma semana...

---

* Levando em conta o ano em que esse texto foi escrito, optamos por manter o termo "colegial", usado nos anos 1980 no Brasil, correspondente ao atual Ensino Médio, e "maternal", mencionado também neste trecho do diário da autora, hoje conhecido como Educação Infantil. [N.E.]

Sobre a autora

Florence Hinckel nasceu no sul da França, em 1973. Gosta de literatura desde criança. Passava horas lendo na biblioteca de sua cidade e escrevendo nos seus cadernos, que costumava guardar em uma caixa de sapatos. Quando adulta, trabalhou como professora do ensino fundamental em várias escolas da sua região, até tornar-se autora de livros infantis e juvenis em tempo integral, dando vazão a sua grande paixão de infância. Já publicou mais de quarenta obras, entre romances mais intimistas (como *Nos estilhaços de espelho*), narrativas distópicas e livros ilustrados de humor, além de outros gêneros e estilos literários, cuja diversidade gosta de explorar. Por sua vasta e variada obra, recebeu mais de trinta prêmios de literatura.

Fonte: Edita e Crafty Girls
Papel: Offset 90 g/m²